꼭 필요하지만 세상에 없었던 책
열일곱 번째 이야기

피치마켓 열일곱 번째 이야기
김유정 소설집

초판 1쇄 발행   2018년 8월 30일
초판 4쇄 발행   2024년 7월 1일

원작   김유정
번안   피치마켓
그림   피치마켓
감수   피치마켓 프렌즈
디자인   피치마켓

발행인   함의영

주소   서울 강남구 테헤란로33길 18, 6층
전화   02) 3789-0419
이메일   peachmarket@peachmarket.kr
홈페이지   www.peachmarket.kr

ISBN   979-11-963284-4-3

본 도서는 느린학습자를 위한 맞춤형 기능성 폰트인 피치마켓체로 제작되었습니다.

김유정 소설집

봄 봄
동백꽃
만무방

ⓒ 2024 피치마켓
본 도서의 내용 및 디자인의 저작권은 피치마켓에 있습니다.
이 책은 저작권법에 따라 보호받는 저작물이므로, 무단 전재와 무단 복제를 금합니다.

피치마켓은 쉬운 글 콘텐츠 브랜드입니다.

작/가/소/개/

김유정은 한국의 유명한 소설가입니다.

김유정은 1908년 강원도 춘천에서 태어났습니다.

김유정은 1935년에 소설가가 되었습니다.

김유정은 병에 걸려서 서른 살에 세상을 떠났습니다.

김유정이 쓴 소설로는 '봄봄', '동백꽃', '만무방' 등이 있습니다.

김유정의 소설들은 대부분 농촌에서 일어나는 이야기들입니다.

김유정은 소설 32편을 썼습니다.

김유정의 소설들은 지금도 많은 사람들에게 읽히고 있습니다.

| 이야기 순서 |

1 / 봄봄

점순이네 집에서 일하는 이유	10
어떻게 하면 점순이의 키가 클까?	20
나와 결혼하고 싶은 점순이	25
구장님을 찾아간 나와 장인님	34
나에게 장인님과 싸우라고 하는 뭉태	53
나와 장인님의 싸움	61
나를 용서해 준 장인님	80

2 / 동백꽃

나에게 감자를 준 점순이	88
우리 집 씨암탉을 때린 점순이	101
점순이네 닭과 우리 집 닭의 싸움	110
점순이와 나의 약속	123

3 / 만무방

혼자 떠돌아다니는 응칠이	142
벼를 베지 않은 응오	161
땅주인을 때린 응칠이	169
응오의 벼가 사라지다	182
응오와 아픈 아내	200
동굴에서 도박을 하는 응칠이	214
벼 도둑을 잡은 응칠이	230

1

봄봄

점순이네 집에서 일하는 이유

어떻게 하면 점순이의 키가 클까?

나와 결혼하고 싶은 점순이

구장님을 찾아간 나와 장인님

나에게 장인님과 싸우라고 하는 뭉태

나와 장인님의 싸움

나를 용서해 준 장인님

| 등장 인물 |

나

나는 점순이와 결혼할 사이입니다.
장인님이 나와 점순이를 결혼시켜 준다고
약속했습니다. 하지만 장인님은 나와
점순이를 결혼시켜 주지 않습니다.
나는 장인님에게 화가 납니다.

장인님

장인님은 점순이의 아버지입니다. 장인님은
점순이가 크면 나와 결혼시켜 준다고
약속했습니다. 그러나 3년 7개월째
나와 점순이를 결혼시켜 주지 않습니다.

점순이

점순이는 나와 결혼할 사이입니다.
점순이는 나와 결혼하고 싶어 합니다.
그러나 점순이는 나와 장인님이 싸우자
장인님 편을 듭니다.

구장님

구장님은 마을의 높은 사람입니다.
구장님은 나를 불쌍하다고 생각합니다.
하지만 구장님은 장인님의 편을 듭니다.

뭉태

뭉태는 나의 친구입니다. 뭉태는 장인님을
싫어합니다. 뭉태는 나에게 장인님과
싸우라고 말합니다.

점순이네 집에서 일하는 이유

점순이의 아버지는 나의 장인님이다.
장인은 아내의 아버지를 말한다.

나는 아직 점순이와 결혼하지 않았다. 하지만 점순이 아버지를 장인님이라고 불렀다. 장인님은 점순이가 더 크면 나와 결혼시켜 주겠다고 약속했다.

"내 딸 점순이가 다 크면

자네와 결혼시켜 주겠네.

대신 우리 집에서 일을 해야 하네.

어떤가?"

 "정말요?

정말 점순이와 결혼시켜 주실 거예요?"

 "그렇다니까.

일만 열심히 하게.

그러면 자네와 점순이를 결혼시켜 줄 거야."

"감사합니다.

　열심히 일할게요.

　앞으로 장인님이라고 부를게요."

 "그렇게 하게."

 "그런데 저는 점순이와 언제 결혼하나요?"

 "점순이가 더 크면 결혼시켜 주겠네."

나는 점순이네 집에 살면서 일을 하기로 했다.

3년 7개월이 지났다. 나는 아직도 점순이와 결혼하지 못했다. 나는 점순이네 집에 살면서 일만 하고 있다. 그동안 돈도 안 받고 일만 했다. 그렇다고 나는 점순이네 집의 하인은 아니다. 나중에 점순이와 결혼하기로 했기 때문이다.

장인님은 3년 7개월이 지나도 나와 점순이를 결혼시켜 주지 않았다. 장인님은 항상 핑계를 대기만 했다. 점순이가 더 크면 결혼시켜 주겠다고 했다.

작년에 나는 다리를 다쳐서 며칠 동안 농사일을 못했다. 그래서 점순이네는 농사를 못 지을 뻔했다. 나 말고는 농사일을 할 사람이 없었기 때문이다.

내가 며칠 일을 못하니까 장인님은 울려고 했다.
나는 다리가 아파서 도저히 일을 못하겠다고 했다.
장인님은 농사가 잘 되어야 결혼시켜 줄 수 있다고
했다. 나는 장인님을 믿고 다시 열심히 일했다.

작년에 농사가 잘 되었다. 하지만 장인님은
나와 점순이를 결혼시켜 주지 않았다.

나는 점순이와 언제 결혼할 수 있는지
알 수 없었다. 나는 장인님에게 가서 말했다.

 "장인님.
　　　언제 저와 점순이를 결혼시켜 주실 거예요?"

 "아직 안 돼."

"저도 이제 결혼하고 싶어요.
빨리 점순이와 결혼시켜 주세요."

"점순이가 다 커야 결혼을 시켜 주지!
점순이는 아직 어린 아이야.
점순이 키가 아직도 작지 않느냐?"

장인님은 점순이가 더 커야 한다는 말만 했다.
하지만 나는 장인님에게 아무 말도 못 했다.
장인님 말이 맞기 때문이다.
점순이는 아직도 키가 작다.

'도대체 점순이 키는 언제 크는 걸까?
점순이 키가 빨리 커야 결혼할 수 있는데.'

장인님이 일을 더 잘하라고 말하면
일을 잘하면 된다. 밥을 조금만 먹으라고 하면
밥을 조금만 먹으면 된다.
그런데 점순이 키는 내가 키울 수 없다.

나는 장인님이 언젠가는 결혼시켜 줄 거라고
믿었다. 점순이 키도 무럭무럭 클 것이라고
생각했다. 그래서 열심히 일만 했다. 그런데
점순이는 3년 7개월 동안 키가 거의 안 컸다.
키는 안 크고 살만 쪘다.

'내가 너무 멍청했어.

언제 점순이와 결혼할지 정해 놨어야 해.

장인님은 언제 결혼시켜 준다고

정확하게 정하지 않았어.

처음부터 장인님과 약속을 잘못한 거야!'

나는 점순이의 키가 얼마나 되는지 궁금했다.
나는 점순이의 키를 재 보고 싶었다. 하지만 나는
점순이의 키를 재 볼 수 없었다. 나는 지나가다
점순이를 만나도 모르는 척해야 했다.
점순이도 나를 보면 모르는 척했다.

이게 다 장인님 때문이다. 장인님이 결혼하기 전에는 서로 말도 하지 말라고 했다. 나는 3년 7개월 동안 점순이와 같은 집에서 지냈다.
하지만 점순이와 말도 제대로 해 본 적이 없었다.
나는 점순이와 말하다가 장인님에게 걸려서 혼난 적도 있다.

나는 너무 답답했다.

어떻게 하면 점순이의 키가 클까?

어느 날 나는 길을 걸어가고 있었다.
멀리 점순이가 보였다. 점순이는 물통을 들고
걸어가고 있었다.

나는 점순이를 자세히 살펴보았다.
점순이의 키가 얼마나 되는지 눈으로 재 보았다.
점순이의 키는 내 어깨 높이쯤 되는 것 같았다.

'점순이는 아직도 작구나.

밥은 엄청 많이 먹는데 키는 왜 안 크지?

그놈의 키 정말 안 크네!'

왜 점순이의 키가 크지 않는지 궁금했다.
무거운 물통을 들어서 키가 안 크는 것 같았다.

'매일 물통을 들고 다녀서 키가 안 크나?

그럼 내가 점순이 물통을 들어 주어야겠다.'

나는 점순이를 따라가서 물통을 대신 들어
주었다. 나는 물통을 들고 가며 생각했다.

'점순이가 무거운 물통을 들지 않으면
　　키가 금방 크겠지?'

앞으로도 점순이가 물통을 들면 내가 들어 주어야겠다고 생각했다. 그러면 점순이의 키가 클 것 같았다. 나는 점순이가 물통을 들 때마다 대신 들어 주었다.

며칠 뒤 나는 산에 나무를 베러 갔다. 나는 산을 올라가다가 돌이 쌓인 곳을 지나가게 되었다. 마을 사람들이 돌을 쌓고 소원을 비는 곳이었다. 마을 사람들은 돌을 올려놓고 소원을 빌면 이루어진다고 믿었다.

나는 땅에서 돌을 하나 주웠다. 그리고 돌이 쌓인 곳에 올려놓았다. 나는 소원을 빌었다. 나에게 소원은 딱 하나였다.

"점순이의 키가 빨리 크게 해 주세요. 그래서 빨리 점순이와 결혼하게 해 주세요."

나는 소원을 다 빌고 나무를 베러 갔다.

나는 나무를 베러 갈 때마다 소원을 빌었다. 내 소원은 항상 똑같았다. 점순이의 키가 커서 결혼하게 해 달라는 소원이었다. 내 소원이 꼭 이루어지면 좋겠다. 제발 점순이의 키가 크면 좋겠다.

하지만 아무리 소원을 빌어도 이루어지지 않았다. 점순이의 키는 크지 않았다.

나와 결혼하고 싶은 점순이

어느 날 나는 산속 밭에서 혼자 일하고 있었다.

나는 혼자 일할 때가 제일 행복했다.
장인님의 잔소리를 안 들어도 되기 때문이다.
장인님은 나만 보면 잔소리를 했다.

장인님이 없으면 일이 힘들어도 기분은 좋았다.
나는 혼자 일할 때 노래를 불렀다.

노래를 부르면 힘이 나서 농사일도 잘되는 것 같았다.

그런데 오늘은 혼자 일해도 기분이 좋지 않았다. 노래를 불러도 힘이 나지 않았다.

 "원래 혼자 일할 때는 기분이 좋았는데.
　이게 다 점순이 때문이야.
　오늘따라 기운이 없네.
　기분도 별로야."

나는 몸에 힘이 빠지고 짜증이 났다.
나는 괜히 소에게 화풀이를 했다.

"이놈의 소!

나는 화가 났는데….

너는 풀이나 뜯어 먹고 있냐?"

내가 화나고 짜증나는 것은 다 점순이 때문이다.
결혼을 하려면 점순이의 키가 커야 한다. 그런데
내가 아무리 노력해도 점순이의 키는 크지 않았다.

점순이는 올해 열여섯 살이다.
점순이는 예쁘지도 않고 못생기지도 않았다.
점순이의 눈은 커다랗고 둥글다.
입술은 두꺼워서 밥을 잘 먹게 생겼다.
점순이는 내 아내가 되면 딱 좋을 만큼 평범하다.

점순이에게는 한 가지 문제가 있다.
일할 때 실수를 많이 하는 것이다.

내가 논에서 일할 때는 점순이가 점심을
가져다주었다. 점순이는 점심을 가져다줄 때도
실수를 자주 했다. 내 밥을 실수로 땅에
떨어뜨리는 것이다. 그러면 밥그릇에 있던 밥이
땅바닥에 다 쏟아졌다.

점순이는 땅에 떨어진 밥을 그릇에 다시 주워
담았다. 밥에 흙이 붙어 있는데도 그대로 나에게
가져다주었다.

그래서 나는 흙 섞인 밥을 자주 먹었다. 나는 점순이가 창피할까 봐 아무렇지 않게 밥을 먹었다.

오늘도 점심시간에 점순이가 내 밥을 가져왔다. 오늘 점순이는 내 밥을 땅에 떨어뜨리지 않았다. 점순이는 내 앞에 밥상을 놓았다.

 "밥 먹어."

점순이는 밥 먹으라는 말만 하고 아무 말도 하지 않았다. 점순이는 밥상에서 멀리 떨어져 앉았다. 장인님에게 혼날까 봐 나에게 말도 걸지 않았다.

나는 점순이가 가져다준 밥을 먹었다.

나는 밥을 먹으며 생각했다.

 '여기에는 장인님도 없잖아.

점순이에게 말이나 걸어 볼까?'

하지만 나도 용기가 나지 않았다.

나는 점순이에게 아무 말도 하지 못했다.

조용히 밥만 먹었다.

점순이는 내가 밥을 다 먹을 때까지 기다렸다.

내가 밥을 다 먹으니까 점순이가 빈 그릇을 챙겼다.

갑자기 점순이가 나에게 말을 걸었다.

 "매일 일만 할 거야?
　　나랑 결혼 안 할 거야?"

나는 점순이가 결혼 이야기를 해서 놀랐다. 점순이가 왜 갑자기 결혼 이야기를 하는지 모르겠다.

 "그럼 어떡해?"

 "우리 아빠한테 결혼시켜 달라고 말해야지."

점순이는 쑥스러워서 얼굴이 빨개졌다.

점순이는 그릇을 들고 산으로 도망쳤다.

나는 점순이의 뒷모습을 보면서 생각했다.

'봄이 되면 작은 나무가 크고 새싹도 나잖아.

봄이라서 점순이도 많이 큰 것 같아.

점순이도 나랑 빨리 결혼하고 싶은가 봐.

장인님은 왜 점순이가 어리다고 생각하지?

나는 점순이가 다 큰 것 같은데.'

나는 장인님을 이해할 수 없었다.

구장님을 찾아간 나와 장인님

내가 하는 일은 농사를 짓는 것이었다. 봄에는 논에 벼를 심었다. 가을이 되어서 벼가 다 자라면 벼를 베었다. 벼의 열매는 쌀이 된다.
내가 농사지은 쌀은 점순이네 가족들이 먹었다.

내가 키운 쌀을 점순이가 먹고 크면 좋겠다.
하지만 내가 키운 쌀을 장인님이 먹는 것은 싫었다.
장인님은 내가 농사지은 쌀을 먹고 점점 뚱뚱해졌다.

어느 날 나는 장인님과 함께 논에서 일하고 있었다. 나는 열심히 일하다가 장인님을 보았다. 장인님은 살이 더 찌고 배도 더 커졌다. 내가 농사지은 쌀을 장인님이 다 먹는 것만 같았다.

 '열심히 일하면 뭐해?
　　　어차피 점순이의 키는 안 크잖아.
　　　장인님만 뚱뚱해지고.'

나는 갑자기 일하기 싫어졌다.

 '배가 아픈 척하고 쓰러져야겠다.
　　　그럼 일을 안 해도 되겠지?'

나는 논 옆에 있는 언덕으로 올라갔다.

나는 팔로 배를 감싸고 크게 말했다.

 "아이구 배야!"

나는 배를 잡고 땅바닥에 앉았다.

 '내가 아프다고 하면 장인님도 어쩔 수 없지. 아픈 사람이 어떻게 일을 해?'

나는 장인님의 얼굴을 쳐다보았다.

장인님은 논 가운데에 서서 나를 째려보았다.

"너 이 자식. 왜 또 이래?"

 "배가 너무 아파요.

　　아이고, 나 죽네."

나는 땅에 쓰러졌다. 장인님은 논에 있다가 언덕으로 올라왔다. 장인님은 내 뺨을 때렸다.

 "이 자식아.

　　그렇게 누워만 있으면 어떡해.

　　누가 농사를 지으라는 거야?

　　우리 집 농사를 망치려고 하느냐?"

장인님은 나를 때리고 욕했다. 나는 화가 났다.

'사위에게 욕을 하다니.
이런 장인님이 어디 있어?'

장인님은 나에게만 화를 내고 때리는 것은 아니다. 장인님은 성격이 나쁘다. 화가 나면 아무나 때리고 욕을 한다. 우리 마을 사람들은 거의 다 장인님에게 욕을 듣는다. 마을 사람들은 장인님을 싫어했다.

장인님은 나를 더 때리지 않았다. 장인님은 나를 심하게 때리지는 못한다. 내가 농사를 그만두고 집으로 돌아갈 수도 있기 때문이다.

내가 일을 안 하면 점순이네는 농사를 지을 수 없다. 돈을 주고 일할 사람을 새로 구해야 한다. 장인님은 돈이 아까워서 절대 일할 사람을 구하지 않을 것이다. 나는 일어나서 장인님에게 말했다.

"저 이제 집으로 돌아갈 거예요.
  점순이랑 결혼 안 할 거예요.
  지금까지 일한 만큼 돈으로 주세요."

"너 돈 벌려고 일하는 거 아니잖아.
  내 사위 되려고 일하지.
  돈은 못 줘."

"그러면 빨리 점순이와 결혼시켜 주세요. 매일 일만 시키고 결혼은 안 시켜 줬잖아요."

"내가 결혼을 안 시켜 주는 거냐? 점순이가 안 크니까 결혼을 못 시켜 주는 거지."

장인님은 담배를 피우면서 말했다.
장인님이 매일 똑같이 하는 말이었다.
나는 장인님에게 똑같은 말만 들어서 지겨웠다.

"안 되겠어요. 구장님한테 같이 가서 물어봅시다."

구장님은 마을의 높은 사람이다. 마을 사람들끼리 싸우면 구장님이 해결해 주었다. 마을 사람들은 구장님의 말을 잘 들었다. 구장님은 내 편을 들어줄 것 같았다. 나는 장인님의 옷을 잡고 끌어당겼다.

 "지금 구장님한테 갑시다."

 "이 자식이 어른한테 왜 이래?"

장인님은 나한테 안 끌려가려고 힘을 주어 버텼다. 하지만 나는 장인님보다 힘이 훨씬 세다. 나는 장인님을 억지로 끌고 갔다.

나는 장인님을 끌고 구장님에게 찾아갔다.

구장님은 돼지에게 먹이를 주고 있었다.
구장님은 나와 장인님을 보고 말했다.

 "왜 일하다 말고 왔어?"

나는 구장님에게 말했다.

 "구장님.

　우리 장인님이 저와 약속을 했는데…"

갑자기 장인님이 내 발을 밟았다.

장인님은 나를 째려보았다. 자기를 장인님이라고 부르지 말라는 뜻이었다. 장인님은 내가 밖에서 장인님이라고 부르는 것을 싫어했다. 밖에서는 장인님에게 빙장님이라고 불러야 한다.
나는 구장님에게 다시 말했다.

"빙장님은 저와 점순이를 결혼시켜 주겠다고 약속했거든요.
그래서 돈도 안 받고 3년 7개월 동안 일했어요.
그런데 아직도 결혼을 안 시켜 주네요."

구장님은 내 말을 듣고 나를 불쌍하게 쳐다보았다. 다른 사람들도 내 이야기를 들으면 나를 불쌍하게 생각할 것이다.
구장님은 코를 후비면서 장인님에게 말했다.

 "빨리 점순이하고 결혼시켜 줘. 저렇게 결혼하고 싶어 하는데 왜 안 시켜 줘?"

 "점순이가 다 커야 결혼을 시키지."

 "그것도 맞는 말이네."

구장님은 내 편도 들고 장인님 편도 들었다.
나는 답답했다. 나는 장인님에게 말했다.

"점순이는 3년 7개월 동안
키가 하나도 안 컸어요.
도대체 점순이 키는 언제 크나요?
점순이가 안 크면 저는 결혼을 못하는
거예요?"

"내가 점순이한테 키 크지 말라고 그랬냐?"

"저는 점순이가 클 때까지 못 기다리겠어요.
그냥 지금까지 일한 만큼 돈으로 주세요."

"왜 나한테 돈을 달라고 그래?"

장인님은 나에게 돈도 안 주고 결혼도 안 시켜 주려고 했다. 나는 화를 내면서 장인님에게 말했다.

 "점순이네 어머니는 점순이보다
　키가 작잖아요.
　그런데 어떻게 장인님하고 결혼했어요?"

 "하하하!"

장인님은 내 말을 듣고 웃었다. 하지만 장인님은 기분이 나쁜 것 같았다.

장인님은 코를 푸는 척하면서 팔꿈치로
내 옆구리를 때렸다. 장인님은 일부러 나를 때린
것이었다. 나는 기분이 나빴다. 나는 파리를
쫓는 척하면서 장인님의 엉덩이를 밀었다.
장인님은 내가 밀어서 넘어질 뻔했다.
장인님은 나를 째려보았다.

장인님은 나에게 욕을 하려고 했다. 하지만
구장님 앞이라서 욕을 참는 것 같았다.

장인님은 구장님에게 가까이 가서 귓속말을 했다.
나는 장인님이 뭐라고 말하는지 알 수 없었다.

장인님은 먼저 구장님 집에서 나갔다. 나와
구장님 둘만 남았다. 구장님은 나에게 말했다.

 "빨리 결혼하고 싶지?

자네 마음 이해해.

하지만 점순이네 농사를 그만두면 안 돼.

남의 집 농사를 도와주다가 그만두면

감옥에 잡혀가."

나는 구장님 말을 듣고 놀랐다. 농사를
도와주다가 그만두면 감옥에 잡혀간다는 것은
몰랐다. 사실 일을 그만둔다고 감옥에 가지 않는다.
구장님이 나에게 거짓말을 한 것이었다.

하지만 나는 구장님이 한 말을 믿었다.
일을 그만두면 정말 감옥에 가는 줄 알았다.
나는 감옥에 잡혀간다고 생각하니까 무서웠다.

구장님은 나에게 계속 말했다.

 "점순이는 이제 겨우 열여섯 살이야.
우리나라에서 열여섯 살이 결혼하려면
부모님에게 허락을 받아야 돼.
그래도 빙장님이 올해 가을에는
결혼을 시켜 주겠다고 하네.
그러니까 빙장님에게 고마워해.
빨리 돌아가서 일해."

나는 구장님에게 아무 대답도 못했다.
나는 다시 논으로 돌아가서 일을 했다.

나에게 장인님과 싸우라고 하는 뭉태

논에서 일을 끝내니까 저녁이 되었다.
나는 저녁밥을 먹고 뭉태네 집에 놀러갔다.
뭉태는 나의 친구다. 뭉태는 예전에 장인님에게
땅을 빌려서 농사를 지었다.

장인님은 땅주인 대신 땅을 관리하는 일을 했다.
누구에게 땅을 빌려줄지도 장인님이 결정했다.

마을 사람들은 먹고살기 위해 장인님의 말을
잘 들었다. 장인님에게 미움을 받으면 땅을 빌릴 수
없기 때문이다. 마을 사람들은 땅을 빌리지 못하면
농사를 못 짓는다. 그래서 마을 사람들은
장인님이 싫어도 말을 잘 들었다.

장인님은 뭉태네 집에 있는 모자를 갖고 싶어
했다. 옛날에 마을의 높은 사람이 쓰던 모자였다.
장인님은 뭉태에게 모자를 달라고 했었다. 그러나
뭉태는 모자를 장인님에게 주지 않았다. 뭉태네
가족에게 그 모자는 귀한 물건이었기 때문이다.
장인님은 뭉태에게 화가 났다.

장인님은 뭉태에게 땅을 빌려주지 않았다. 뭉태는 땅이 없어서 농사를 지을 수 없게 되었다. 그래서 뭉태는 장인님에게 화가 나 있었다.

뭉태는 나에게 말했다.

"낮에 구장님에게 찾아갔다면서?"

"응. 구장님 앞에서 장인님과 싸웠지."

"왜 구장님한테 간 거야?"

"일하다가 장인님이 나를 때렸거든.
　도저히 참을 수 없었어."

"너는 장인님한테 맞았는데도
　가만히 있었어?"

"가만히 있었지.
　그럼 어떻게 해?"

"장인님을 밀어서 논에다 넘어뜨려야지!"

 뭉태는 자기가 맞은 것도 아닌데 나보다 더 화를 냈다. 나는 가만히 앉아서 뭉태의 말을 들었다.

"결혼 못하고 점순이네 일만 해 줄 거야? 다른 친구는 아내의 집에서 1년만 일하고 결혼했어. 너는 3년 7개월이나 일했는데 결혼도 못했잖아. 점순이와 결혼할 사람이 두 번이나 바뀐 거 알지?"

점순이의 언니는 결혼할 사람이 열네 번이나 바뀌었다. 장인님이 일만 시키고 결혼을 안 시켜 줘서 모두 도망간 것이다. 점순이도 결혼할 사람이 두 번 바뀌었다. 내가 세 번째인 것이다.

"점순이 동생과 결혼할 사람이 올 때까지 너는 일만 해야 돼.
그러니까 장인님에게 빨리 결혼시켜 달라고 떼를 써야지."

점순이 동생은 아직 여섯 살이다. 점순이 동생이 열 살이 되면 장인님은 결혼할 사람을 구할 것이다. 점순이 동생과 결혼시켜 줄 테니 일을 하라고 할 것이다. 점순이 동생이 열 살이 되려면 아직도 4년이 남았다.

"결혼을 안 시켜 주면 장인님과 싸워!"

"응…"

나는 뭉태의 말에 대충 대답했다. 뭉태의 말이 맞을 수도 있다. 나는 점순이네 집에서 4년을 더 일할 수도 있다. 하지만 나는 장인님과 싸우기는 싫었다. 장인님과 싸우면 점순이와 절대로 결혼을 못할 것이다.

나는 뭉태의 집에서 나왔다. 그리고 점순이네 집으로 돌아갔다. 그날 밤에 나는 장인님과 싸우지 않았다.

나와 장인님의 싸움

다음 날 아침이 되었다. 나는 아침밥을 먹으려고 마루에 가서 앉았다.

점순이가 내 아침밥을 가지고 왔다.
점순이는 내 앞에 밥상을 놓았다.

밥상에는 된장찌개, 간장, 밥, 산나물이 있었다.
밥은 한 그릇밖에 없지만 산나물은 엄청 많았다.

장인님은 나에게 밥을 한 그릇만 먹으라고 한다.
산나물은 점순이가 따오니까 많이 먹어도 된다.

나는 밥을 먹으려고 숟가락을 들었다.
그때 점순이가 나에게 말했다.

"구장님한테 갔는데 그냥 돌아오면 어떡해!"

"결혼시킬 수 없다는데 어떡해?"

"우리 아빠 수염을 잡아당겨야지.
 이 바보야!"

점순이는 얼굴이 빨개졌다. 점순이는 집 안으로 도망갔다. 점순이가 나에게 바보라고 말해서 나는 충격을 받았다.

"점순이는 내 아내가 될 사람이잖아. 그런데 점순이가 나를 바보라고 생각하다니…."

다른 사람이 나를 놀리는 것은 괜찮다. 그런데 점순이에게 바보 소리를 들으니까 슬펐다.

밥을 다 먹으니까 일을 하러 갈 시간이 되었다. 나는 지게를 메고 대문 밖으로 나갔다.

그런데 나는 너무 슬퍼서 일하러 가기 싫었다.

나는 지게를 벗고 마당에 누워 버렸다.

나는 누워서 생각했다.

'열심히 일하면 뭐해?

　　점순이랑 결혼도 못하고.

　　점순이에게 바보 소리나 듣고.

　　이렇게 사는 것보다 죽는 게 낫겠어.'

그때 장인님이 대문 밖으로 나왔다.

나는 배가 아픈 척하고 계속 누워 있었다.

지게가 무엇인가요?

지게는 물건을 옮기는 기구입니다.

지게는 가방처럼 등에 멥니다.

옛날에는 산에서 나무를 가져올 때 지게를 이용했습니다.

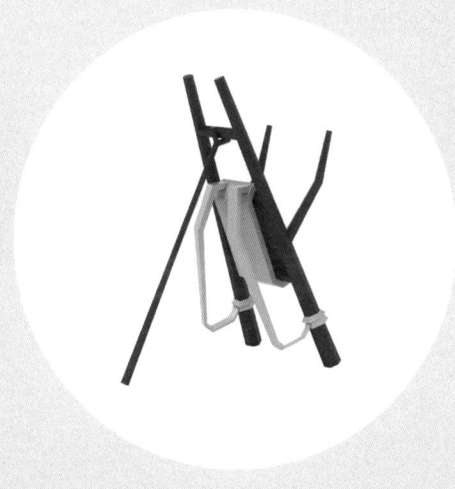

장인님은 나를 보고 말했다.

 "이 자식아. 왜 일하러 안 가고 누워 있어?"

 "아침밥 먹은 게 잘못되었나 봐요.
　　　배가 아파요."

 "아침밥 맛있게 먹었잖아.
　　　아픈 척하지 마라.
　　　남의 농사 망치면 감옥 가서 벌 받는다!"

 "감옥에 가도 괜찮아요.
　　　아이고 배야!"

내가 한 말은 진심이었다. 나는 감옥에 가도 괜찮다고 생각했다. 내가 안 일어나니까 장인님은 계속 화를 냈다.

 "일어나! 빨리 일하러 가!"

장인님은 막대기를 들고 와서 내 허리를 쿡 찔렀다. 나는 일어나지 않았다. 장인님은 막대기로 내 배를 쿡쿡 찔렀다. 나는 그래도 일어나지 않았다. 장인님은 발로 내 옆구리를 찼다. 나는 옆구리가 아팠지만 가만히 누워 있었다.

나는 누워 있다가 점순이를 발견했다. 점순이는 벽 뒤에 숨어 있었다. 점순이는 나와 장인님을 몰래 보고 있었다. 나는 점순이를 보고 생각했다.

'점순이가 보고 있으니까 뭐라도 해야겠어. 내가 맞기만 하면 진짜 바보 같아 보일 거야.'

그때 장인님이 내 엉덩이를 세게 때렸다. 나는 엉덩이가 너무 아파서 벌떡 일어났다. 나는 아까 점순이가 했던 말이 생각났다.

'점순이가 장인님 수염을 잡아당기라고 했지.'

나는 장인님의 수염을 잡아당겼다.

 "내가 맞기만 하니까 바보로 보여?"

 "이놈이 왜 이러는 거야!

　　수염 안 놔?"

장인님은 막대기로 내 어깨를 세게 때렸다. 나는 어깨가 너무 아팠다. 아파서 머리가 어지러울 정도였다. 나는 화가 많이 났다.

 "이 녀석의 장인님을!"

나는 나도 모르게 장인님에게 욕을 했다.
나는 장인님을 세게 밀었다. 장인님은 굴러서
밭에 떨어졌다. 나는 장인님에게 소리쳤다.

"일만 시키고 왜 결혼은 안 시켜 줘요?"

장인님은 밭에서 언덕으로 기어올라 왔다.
장인님은 내 바짓가랑이를 꽉 잡았다.
나는 너무 아파서 소리를 질렀다.

바짓가랑이가 뭔가요?

바짓가랑이는 바지에서 다리 사이에 있는 부분입니다.

 "빙장님! 빙장님! 빙장님!"

 "이 자식! 나를 죽여라 죽여!"

 "아, 아! 할아버지!

　　살려 주세요. 할아버지!"

　나는 아파서 정신이 없었다. 나는 너무 정신이 없어서 빙장님에게 할아버지라고 불렀다. 나는 팔을 마구 휘둘렀다. 장인님은 내 바짓가랑이를 놓아주지 않았다. 나는 바짓가랑이 부분이 아파서 죽을 것 같았다.

나는 땅에 쓰러져서 기절할 뻔했다. 드디어 장인님은 나를 놓아주었다. 나는 장인님이 미웠다.

 '너무하다. 너무해.
사위 될 사람을 이렇게 괴롭히다니!
이게 장인님이야?'

나는 장인님에게 복수하고 싶었다.
나는 장인님에게 엉금엉금 기어갔다.
그리고 장인님의 바짓가랑이를 꽉 잡았다.
장인님이 아파서 소리를 질렀다.

"아! 아! 이놈아!

　　놔라, 놔!"

장인님은 손을 휘두르면서 소리를 질렀다. 나는 장인님의 바짓가랑이를 더 꽉 잡아당겼다.

 '절대로 안 놓는다.

　　더 아프게 할 거야!'

장인님은 아파서 계속 소리를 질렀다.

 "할아버지!

　　놔라, 놔, 놔, 놔, 놔라!"

장인님은 아파서 정신이 없었다. 장인님도 나에게 할아버지라고 잘못 불렀다.

 "얘 점순아! 점순아!"

장인님 목소리를 듣고 점순이의 어머니와 점순이가 뛰어나왔다. 나는 점순이의 어머니와 점순이를 보고 생각했다.

 '점순이의 어머니는 장인님 편을 들겠지. 그래도 점순이는 내 편을 들어주겠지? 나한테 장인님 수염을 잡아당기라고 했으니까.'

나는 점순이가 당연히 내 편을 들 거로
생각했다. 그런데 점순이는 나에게 달려와서
말했다.

 "에구머니! 이놈이 아버지 죽이네!"

점순이는 내 편을 들지 않았다.
점순이는 장인님 편을 들며 나에게 화를 냈다.

점순이는 내 한쪽 귀를 잡아당겼다.
점순이의 어머니는 내 반대쪽 귀를 잡아당겼다.
나는 장인님의 바짓가랑이를 놓았다.
장인님은 일어나서 막대기를 들고 왔다.

 "이 자식!

　내가 너를 할아버지라고 부르게 하냐!"

　장인님은 막대기로 나를 때리기 시작했다. 나는 점순이를 보느라고 장인님의 막대기를 피하지 않았다. 점순이가 내 편을 들어주지 않아서 나는 충격을 받았다.

　장인님은 막대기로 나를 계속 때렸다. 나는 맞으면서 생각했다.

'점순이가 왜 내 편을 들지 않지?

　　　장인님 수염을 잡아당기라고 말했으면서.

　　　장인님하고 싸우라는 뜻 아니었나?'

　나는 점순이가 내 편을 들지 않아서 이상했다.
나는 점순이의 얼굴만 쳐다보았다.
나는 점순이의 마음을 알 수 없었다.

나를 용서해 준 장인님

장인님과 나의 싸움이 끝났다. 나는 점순이네 집에서 쫓겨날까 봐 걱정했다.

'이제 장인님이 나를 쫓아내겠지? 점순이를 두고 떠나야 한다니….'

나는 집에 돌아갈 준비를 하고 있었다. 그리고 장인님이 나를 쫓아낼 때까지 기다렸다.

그런데 장인님은 나를 쫓아내지 않았다.
장인님은 나에게 다정하게 말했다.

 "내가 너무 많이 때렸지?

　상처가 많이 생겼네.

　내가 치료해 주마."

장인님이 나에게 다정하게 말해서 놀랐다.

나는 장인님에게 맞아서 몸에 상처가 많이 생겼다. 장인님은 직접 내 상처를 치료해 주었다.

장인님은 내 주머니에 담배를 넣어 주었다. 장인님은 나에게 말했다.

 "올해 가을에는 꼭 결혼시켜 주마. 그러니까 빨리 콩밭에 가서 일하거라."

장인님은 내 등을 두드려 주었다. 나는 장인님이 착한 사람이라고 생각하게 되었다. 나는 장인님에게 고마워서 눈물이 났다. 나는 장인님에게 말했다.

 "빙장님! 다시는 안 그러겠어요!"

나는 지게를 메고 콩밭으로 일하러 나갔다.

2

동백꽃

나에게 감자를 준 점순이

우리 집 씨암탉을 때린 점순이

점순이네 닭과 우리 집 닭의 싸움

점순이와 나의 약속

| 등장 인물 |

나

나는 점순이와 친한 사이가 아닙니다. 나는 점순이가 우리 집 닭을 괴롭혀서 화가 납니다. 나는 결국 점순이네 닭을 죽입니다.

점순이

점순이는 나를 좋아합니다. 점순이는 내가 감자를 받아 주지 않아서 화가 납니다. 점순이는 나의 관심을 받고 싶어합니다.

나의 어머니

점순이의 어머니

〈봄봄〉과 〈동백꽃〉에는 모두 '나'와 '점순이'가 나옵니다. 〈봄봄〉에 나오는 '점순이'와 〈동백꽃〉에 나오는 '점순이'는 다른 사람입니다.

 ≠

〈봄봄〉의 점순이　　〈동백꽃〉의 점순이

나에게 감자를 준 점순이

나는 열일곱 살이다. 우리 가족은 산 밑에 있는 마을에 산다. 우리 가족은 점순이네 땅을 빌려서 농사를 짓는다.

나는 일하러 가기 전에 아침밥을 먹었다. 어머니는 나에게 말했다.

"어제 점순이네 가서 음식을 빌려 왔어. 점순이네 가족은 정말 착해. 점순이네가 도와주지 않았으면 이 마을에서 못 살았을 거야."

우리 가족은 3년 전에 이 마을로 이사를 왔다. 우리 가족은 새로운 마을에 와서 집이 없었다. 그때 점순이네 가족은 우리 가족을 도와주었다. 땅을 빌려주고 집 짓는 일도 도와주었다. 우리 가족은 점순이네 땅에서 집도 짓고 농사도 지었다.

우리 가족은 점순이네 덕분에 마을에서 살 수 있게 되었다.

그래서 우리 가족은 점순이네 가족의 말을 잘 들었다. 우리 가족은 점순이네 집에 일이 있으면 가서 도와주었다. 부모님은 언제나 점순이네 가족을 칭찬했다.

나는 아침밥을 다 먹고 일하러 나갈 준비를 했다. 어머니는 나에게 말했다.

"너 점순이랑 친하게 지내지 마라.
열일곱 살 남자애랑 여자애가 친하면 사귄다고 소문 나.
네가 점순이랑 사귀면 우리 가족은 동네에서 쫓겨날 수도 있어."

"점순이랑 안 친해요.

　서로 인사도 안 한단 말이에요.

　걱정하지 마세요."

점순이는 나와 동갑인 여자애다.

내가 점순이와 사귀면 점순이네 가족이 싫어할 것이다. 점순이네는 부자고 우리 집은 가난하기 때문이다. 점순이네 가족이 화나면 우리 가족에게 빌려준 땅과 집을 뺏을 것이다. 그래서 나는 점순이와 친하게 지내면 안 된다.

나는 집에서 나와 일을 하러 갔다. 오늘 할 일은 울타리를 만드는 것이었다. 나는 나무와 끈을 모아서 울타리를 만들기 시작했다.

나는 열심히 울타리를 만들었다. 그때 갑자기 점순이가 나타났다. 점순이는 바구니를 들고 나물을 캐러 가고 있었다. 점순이는 걸음을 멈추고 나를 쳐다보았다. 나는 점순이를 모른 척했다.

점순이는 내 등 뒤로 조용히 다가왔다. 점순이가 나에게 말했다.

 "얘! 너 혼자만 일하니?"

울타리가 무엇인가요?

울타리는 어떤 곳을 막아 놓기 위해 세우는 물건입니다.

울타리는 풀이나 나무를 묶어서 만듭니다.

울타리는 집, 공원, 농장 등에서 볼 수 있습니다.

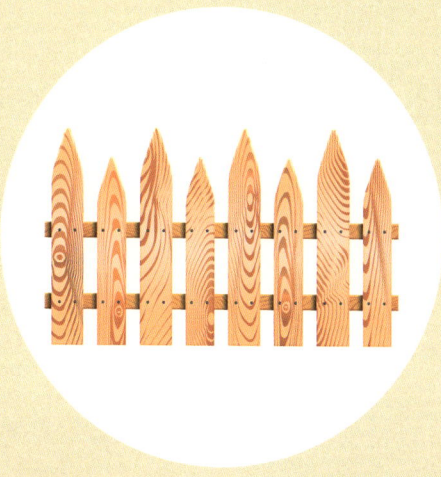

나는 점순이가 갑자기 말을 걸어서 놀랐다. 나와 점순이는 친한 사이가 아니기 때문이다. 나와 점순이는 서로 말도 안 하고 아는 척도 안 한다. 나는 점순이를 보고 생각했다.

 '이상하네.

　　점순이가 왜 갑자기 말을 걸지?'

나는 점순이에게 말했다.

"그럼 혼자 일하지.

　　여러 명이 같이 일해야 돼?"

"너는 일하는 게 좋니?

울타리는 여름에 만들면 되잖아.

아직 봄인데 왜 벌써 울타리를 만드니?"

점순이는 손으로 입을 가리고 깔깔 웃었다.
나는 점순이가 하는 말이 하나도 웃기지 않았다.
그래서 점순이가 왜 웃는지 몰랐다.
나는 점순이가 웃는 것을 보고 생각했다.

 '뭐가 웃겨서 웃는 거지?

날씨가 따뜻해져서 점순이가 미쳤나?'

잠시 후에 점순이는 웃음을 멈추었다.

점순이는 자기 집 쪽을 살펴보았다.

점순이네 집에는 아무도 보이지 않았다.

점순이는 오른손을 앞치마 주머니에 넣었다.

점순이는 주머니에서 감자 세 개를 꺼냈다.

점순이는 감자 세 개를 내 앞에 내밀었다.

감자에서 따뜻한 김이 모락모락 올라왔다.

점순이는 나에게 큰 목소리로 말했다.

"너 감자 먹어 본 적 없지?

이 감자 너한테 줄게.

엄마 몰래 가져온 거야.

엄마한테 걸리면 혼나.

그러니까 여기서 빨리 먹어 버려.

봄에 먹는 감자가 맛있단다."

나는 점순이의 말을 듣고 기분이 나빴다.
점순이가 나에게 가난하다고 놀리는 것 같았다.

 "난 감자 안 먹는다.

너나 먹어라."

나는 점순이의 손을 밀어 버렸다.

나는 점순이를 쳐다보지도 않았다.

점순이는 아무 말도 하지 않았다.

점순이는 화가 나서 씩씩 소리를 내며 숨을 쉬었다.

점순이의 얼굴이 빨개졌다.

나는 점순이의 얼굴을 보고 깜짝 놀랐다.

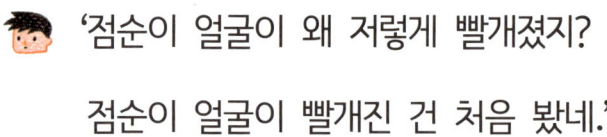'점순이 얼굴이 왜 저렇게 빨개졌지?

점순이 얼굴이 빨개진 건 처음 봤네.'

점순이는 눈을 무섭게 뜨고 나를 째려보았다.

점순이의 눈에서 눈물이 흘렀다.

점순이는 뒤돌아서 논으로 달려갔다.

나는 점순이를 보면서 생각했다.

"점순이가 왜 울지?

점순이는 화난다고 우는 성격이 아닌데…

내가 감자를 안 먹어서 그렇게 화가 났나?"

오늘 점순이는 다른 사람 같았다.

나는 점순이의 행동이 다 이상하게 보였다.

나는 점순이를 도저히 이해할 수 없었다.

우리 집 씨암탉을 때린 점순이

다음 날 저녁이 되었다.

나는 산에서 나무를 베어서 지게에 올렸다.

나는 지게를 메고 산에서 내려왔다.

마을까지 내려오니까 닭 우는 소리가 났다.

 '어느 집에서 닭을 잡나?'

나는 닭 우는 소리가 나는 곳으로 가 보았다.
점순이네 집에서 닭 우는 소리가 들렸다.

나는 점순이네 집 울타리에 가까이 갔다.
나는 울타리 안을 쳐다보았다. 점순이가 마당에서
씨암탉을 붙잡고 있었다. 씨암탉은 알을 낳는
닭이다. 나는 씨암탉을 보고 화가 났다.

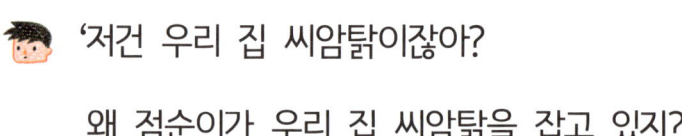'저건 우리 집 씨암탉이잖아?

왜 점순이가 우리 집 씨암탉을 잡고 있지?'

점순이는 우리 집 씨암탉을 붙잡고 말했다.

 "이놈의 씨암탉!

　　죽어라. 죽어라."

점순이는 주먹으로 씨암탉 엉덩이를 때렸다.
씨암탉은 몸이 아프면 알을 못 낳는다.

 '왜 남의 집 씨암탉을 때리는 거야?

　　도저히 못 참겠다!'

나는 화가 나서 몸을 부르르 떨었다.

나는 막대기로 점순이네 집 울타리를 쳤다.

점순이는 고개를 돌려서 나를 쳐다보았다.

나는 점순이에게 소리를 질렀다.

 "이놈의 계집애!

    왜 남의 집 닭을 때려?

    닭이 알을 못 낳게 되면 어떡하려고?"

점순이는 내가 소리를 질러도 놀라지 않았다.

점순이는 나를 무시했다.

점순이는 씨암탉 엉덩이를 계속 때렸다.

'일부러 나를 화나게 하는 것 같아.

어떡하지?

점순이네 집에 들어가서 싸울 수도 없고….'

점순이를 한 대 때려주고 싶었다. 하지만 점순이네 집에 내 마음대로 들어갈 수는 없었다. 나는 점순이네 집 밖에서 점순이에게 소리쳤다.

 "야! 남의 닭을 죽일 거야?"

나는 점순이를 무섭게 쳐다보면서 소리를 질렀다. 점순이는 울타리 쪽으로 다가왔다. 점순이는 씨암탉을 나에게 던졌다.

나는 씨암탉을 겨우 떨어뜨리지 않고 받았다.
점순이는 나에게 말했다.

"에이 더러워!
  가져가라!"

"더러운 걸 왜 안고 있었니?
  나쁜 계집애 같으니라고!"

나는 뒤돌아서 씨암탉이 괜찮은지 살펴보았다.
씨암탉은 힘이 없었다.

"알을 못 낳을 정도로 다친 것 같은데…."

나는 씨암탉이 아파서 속상했다.

점순이가 내 뒤에서 욕을 했다.

 "이 바보 녀석아!"

나는 점순이가 있는 쪽을 돌아보았다. 점순이는 울타리 뒤에 숨어서 안 보였다. 나는 다시 돌아서서 걸어갔다. 점순이는 내 뒤에서 또 욕을 했다.

 "얘! 너 태어날 때부터 바보였지?"

점순이는 나에게 계속 욕을 했다. 하지만 나는 점순이에게 아무 말도 못 했다.

우리 가족은 점순이네 가족에게 도움을 받기 때문이다. 내가 잘못해서 점순이네 부모님이 화나면 정말 큰일 난다. 점순이네 가족에게 빌린 땅과 집을 빼앗길 수도 있다. 그래서 나는 화가 나도 참아야 했다.

나는 걸어가다가 돌에 발을 부딪쳤다.
발가락에 상처가 나서 피가 흘렀다.
하지만 나는 상처가 하나도 아프지 않았다.
아픈 것도 안 느껴질 정도로 화가 났다.
나는 점순이가 미워서 눈물이 났다.

점순이네 닭과 우리 집 닭의 싸움

 다음 날이 되었다. 우리 집에 아무도 없을 때였다. 점순이는 자기네 닭을 들고 우리 집으로 왔다.

 점순이는 자기네 닭과 우리 집 닭을 싸우게 하고 싶었다. 점순이는 우리 집 닭을 닭장에서 꺼내려고 했다. 우리 집 닭은 닭장 밖으로 안 나가려고 했다. 점순이는 우리 집 닭에게 모이를 주었다.

"이리 나와서 맛있는 모이 먹어."

우리 집 닭은 모이를 먹으려고 닭장 밖으로 나갔다. 그러자 점순이네 닭이 우리 집 닭을 공격했다.

점순이네 닭은 덩치가 크고 무섭게 생겼다. 싸움도 잘한다. 점순이네 닭은 우리 집 닭을 마구 쪼았다. 우리 집 닭은 점순이네 닭에게 맞기만 했다. 우리 집 닭의 머리와 눈에 상처가 생겼다. 상처에서 피가 흘렀다.

나는 일을 끝내고 집으로 돌아왔다. 나는 우리 집 닭을 보고 화가 났다. 우리 집 닭은 점순이네 닭에게 맞아서 힘이 없었다. 나는 우리 집 닭이 불쌍했다.

점순이는 다음 날에도 닭들을 싸우게 했다. 우리 집 닭은 또 점순이네 닭에게 맞기만 했다. 우리 집 닭은 상처가 더 심해졌다.

 "점순이 녀석!

왜 남의 집 닭을 계속 괴롭히는 거야?

짜증나 죽겠네!

우리 집 닭이 점순이네 닭을 이겼으면 좋겠어.

어떻게 해야 우리 집 닭이 이길 수 있을까?"

나는 좋은 생각이 떠올랐다.

'닭에게 고추장을 먹이면 힘이 난다는데.
우리 집 닭에게 고추장을 먹여 볼까?'

나는 우리 집 닭을 들고 고추장 항아리 앞으로
갔다. 나는 고추장 항아리의 뚜껑을 열었다.
숟가락으로 고추장을 떠서 그릇에 담았다.
나는 그릇을 우리 집 닭에게 주었다.
우리 집 닭은 고추장을 쪼아 먹었다.

🧑 "잘 먹네.

더 많이 먹어.

그래야 점순이네 닭을 이길 수 있지."

우리 집 닭은 그릇에 있는 고추장을 반이나 먹었다.

🧑 "이제 고추장을 먹었으니까 잘 싸우겠지? 이따가 점순이네 닭과 싸움을 붙여야겠다."

나는 우리 집 닭과 점순이네 닭을 빨리 싸우게 하고 싶었다. 나는 우리 집 닭을 닭장에 넣었다.

나는 밭에 일을 하러 갔다. 나는 열심히
일하면서 쉬는 시간만 기다렸다.

몇 시간이 지나고 쉬는 시간이 되었다.
나는 집으로 달려갔다. 나는 닭장으로 가서
우리 집 닭을 꺼냈다.

나는 닭을 들고 점순이네 집 앞으로 갔다.
점순이는 울타리 안에서 일을 하고 있었다.
점순이네 닭은 밭에서 혼자 돌아다니고 있었다.

나는 점순이네 닭이 있는 곳으로 다가갔다.
나는 우리 집 닭을 밭에 내려놓았다.

"빨리 공격해!

고추장 먹었으니까 이길 수 있어."

점순이네 닭은 우리 집 닭을 보고 가까이 다가왔다. 점순이네 닭과 우리 집 닭은 싸움을 시작했다.

점순이네 닭은 우리 집 닭을 쪼았다.
우리 집 닭의 머리에서 피가 흘렀다.
우리 집 닭은 점순이네 닭을 쪼지 않았다.
날개를 푸드득거리고 도망다니기만 했다.
나는 답답했다.

"뭐 하는 거야?
 빨리 점순이네 닭을 공격해야지!"

그런데 갑자기 우리 집 닭이 높게 펄쩍 뛰었다. 우리 집 닭이 그렇게 높이 뛰는 건 처음 봤다. 우리 집 닭은 발톱으로 점순이네 닭을 공격했다. 나는 우리 집 닭을 보고 생각했다.

'드디어 우리 집 닭이 이기는구나!
 고추장 먹이기를 잘했어.'

나는 점순이가 뭘 하고 있는지 궁금했다.
나는 점순이네 집 쪽을 돌아보았다.

점순이는 울타리 안에서 닭싸움을 보고 있었다. 점순이는 얼굴을 찌푸리고 있었다. 점순이는 자기네 닭이 맞아서 화가 난 것 같았다.

나는 우리 집 닭이 이겨서 기분이 좋아졌다. 나는 신나서 우리 집 닭을 응원했다.

 "잘한다! 잘한다!"

그러나 우리 집 닭은 금방 지쳤다. 얼마 뒤에 점순이네 닭이 우리 집 닭을 공격했다. 우리 집 닭은 점순이네 닭에게 계속 맞았다. 점순이는 깔깔 웃었다.

"하하하! 우리 집 닭이 또 이길 것 같네.
너네 집 닭은 앞으로도 절대 못 이길 걸?"

나는 점순이의 웃음소리를 듣고 화가 났다.
나는 우리 집 닭을 들고 집으로 돌아갔다.

"닭에게 고추장을 더 먹이면 잘 싸웠을 텐데.
너무 빨리 싸움을 붙였나 봐.
고추장을 더 먹여야겠어."

나는 닭을 들고 고추장 항아리 앞으로 갔다.
나는 항아리 뚜껑을 열었다. 항아리에서 고추장을
퍼서 그릇에 담았다. 나는 그릇을 닭에게 주었다.

그러나 닭은 고추장을 먹지 않았다.

나는 닭에게 고추장을 더 먹이고 싶었다.
나는 그릇에 물을 부어서 고추장과 섞었다.
나는 닭을 바닥에 눕혔다. 나는 그릇을 들고
닭의 입에 고추장물을 조금씩 넣었다.
닭은 고추장물을 삼키다가 재채기를 했다.

"피를 흘리는 것보다 고추장을 먹는 것이 나아.
힘들어도 참아!"

나는 닭에게 억지로 고추장물을 먹였다.
닭은 고추장물을 먹다가 기절했다.

"헉. 닭이 죽으면 어떡하지?

아버지가 닭을 죽였다고 혼내실 거야…."

나는 닭이 죽을까 봐 무서웠다.
나는 닭을 아버지 몰래 닭장에 넣었다.

다행히 닭은 다음 날 아침에 정신을 차렸다.

점순이와 나의 약속

나는 점심을 먹고 집에서 나왔다.

나는 지게를 메고 산으로 일하러 갔다.

산에 올라가려고 하는데 어디서 시끄러운 소리가 났다. 닭이 날아다니면서 푸드득거리는 소리였다.

나는 소리가 나는 쪽을 돌아보았다.

점순이네 닭과 우리 집 닭이 또 싸우고 있었다.

"또 점순이 짓이구나!"

나는 닭들이 싸우는 곳으로 달려갔다.

점순이네 닭은 우리 집 닭의 머리를 쪼았다. 우리 집 닭은 또 맞기만 했다. 우리 집 닭은 아파서 울음 소리만 냈다. 우리 집 닭의 머리에 상처가 생겼다. 상처에서는 피가 흘렀다.
나는 너무 화가 나서 눈에서 불이 나는 기분이었다.

🧒 '막대기로 점순이네 닭을 때릴까?

아니야.

그러면 점순이네 닭이 죽을 수도 있어.

참아야 해.'

나는 막대기로 바닥을 쿵쿵 쳤다. 닭들이 소리를 듣고 놀라서 싸움을 멈추었다.

🧒 '이번에도 점순이가 싸움을 붙였을 거야.

나를 화나게 하려고 그랬겠지.

점순이가 나한테 왜 그러는 거지?'

나는 점순이를 아직도 이해할 수 없었다.

나는 우리 집 닭을 들고 집으로 갔다.

나는 우리 집 닭을 닭장에 넣었다.

'닭장에 넣어 두면 뭐해.

　　　점순이가 또 꺼내갈 텐데….'

나는 우리 집 닭이 걱정되었다. 내가 일하러 가면 점순이가 닭들끼리 싸우게 할 것이다.
점순이는 우리 집에 아무도 없을 때만 왔다.
나는 일하러 가니까 점순이를 막을 수 없었다.
그래도 일을 안 할 수는 없었다.

나는 산에 올라가서 일을 했다. 나는 점순이 때문에 화가 나서 일을 제대로 할 수 없었다.

🧒 '점순이 때문에 계속 화가 나.

점순이한테 빨리 복수하고 싶어.

산에서 내려가면 점순이를 혼내야겠어.'

나는 빨리 일을 끝내려고 대충대충 나무를 베었다. 나는 나무를 모아서 지게에 쌓았다. 나는 지게를 등에 메었다.

🧑 '지금 점순이가 우리 집 닭을 꺼내갔을 거야.

점순이네 닭이 우리 집 닭을 공격하고

있으면 어떡하지?

빨리 집으로 가야겠어.'

나는 우리 집 닭이 걱정되었다. 빨리 산을 내려가서 우리 집 닭을 지켜야 했다.

나는 급하게 산을 내려갔다. 산을 거의 다 내려왔을 때 피리 소리가 들렸다. 나는 걸음을 멈추고 피리 소리가 나는 곳을 보았다. 점순이가 바위에 앉아서 풀로 만든 피리를 불고 있었다.

점순이가 앉은 바위 옆에 노란 동백꽃이 피어 있었다. 봄이 되니까 노란 동백꽃이 많이 피었다.

나는 푸드득거리는 소리를 듣고 고개를 돌렸다. 점순이 앞에서 점순이네 닭과 우리 집 닭이 싸우고 있었다.

나는 화가 나서 눈물이 났다.
나는 지게를 벗어서 땅에 던져 버렸다.

나는 막대기를 들고 우리 집 닭에게 달려갔다.
우리 집 닭은 피를 흘리면서 쓰러졌다.
우리 집 닭은 금방 죽을 것 같았다.

우리 집 닭이 쓰러졌는데 점순이는 계속 피리를 불었다. 나는 점순이에게 화가 났다.

🧒 '옛날에는 점순이가 좋은 애라고 생각했어.
점순이는 예쁘고 일도 잘하니까.
그런데 내가 점순이를 잘못 알고 있었구나.
점순이는 나쁜 짓만 하는 애야.'

나는 화를 참을 수 없었다. 나는 막대기를 들고 점순이네 닭에게 다가갔다.

나는 막대기로 점순이네 닭을 세게 때렸다.
점순이네 닭은 막대기에 맞고 쓰러졌다.

점순이네 닭은 그대로 죽어 버렸다.
내가 점순이네 닭을 죽인 것이다.

나는 멍하니 서 있었다. 점순이가 화를 내면서 나에게 달려왔다. 나는 점순이를 보고 놀라서 뒤로 넘어졌다.

"이놈아! 너 왜 남의 닭을 때려죽여?"

"닭을 죽인 게 그렇게 큰일이야?
네가 먼저 우리 집 닭을 괴롭혔잖아."

"뭐 이 자식아!

네가 우리 집 닭을 죽였잖아!

당연히 화가 나지!"

점순이는 내 배를 밀었다. 나는 일어나다가 다시 뒤로 넘어졌다. 나는 갑자기 무서워졌다.

 '이제 어떡하지?

점순이네 닭을 죽였으니까 점순이네 부모님이 화를 낼 거야.

점순이네 가족이 우리 가족에게 빌려준 땅을 뺏을지도 몰라.'

나는 무서워서 엉엉 울었다. 나는 점순이네 닭을 죽인 것을 후회했다.

점순이는 내 앞으로 다가왔다. 점순이는 나에게 물어보았다.

 "그럼 너 다음부터는 안 그럴 거냐?"

나는 팔로 눈물을 닦고 점순이에게 대답했다.

 "그래!"

"다음에 또 그러기만 해 봐.

　내가 너 또 괴롭힐 거야."

"그래, 그래.

　이제는 안 그럴 테야!"

"닭이 죽은 건 걱정하지 마라.

　부모님께는 안 이를게."

　나는 점순이에게 고마웠다. 나는 다시 점순이를 좋은 애라고 생각하게 되었다.

갑자기 점순이가 내 어깨를 잡고 뒤로 밀었다. 나는 점순이와 함께 노란 동백꽃 사이로 쓰러졌다. 동백꽃 향기가 났다. 나는 점순이에게 말했다.

"내가 닭 죽였다는 거 말하지 마라!"

"그래!"

잠시 후, 멀리서 점순이네 어머니 목소리가 들렸다.

"점순아! 점순아! 얘가 바느질하다 말고 어딜 간 거야?"

점순이는 어머니의 목소리를 듣고 겁을 먹었다.

"헉. 어떡하지?

엄마한테 들키면 안 되는데."

"빨리 도망가자."

점순이는 살금살금 기어서 산 아래로 내려갔다. 나는 엉금엉금 기어서 산 위로 도망갔다.

3 / 만무방

혼자 떠돌아다니는 응칠이

벼를 베지 않은 응오

땅주인을 때린 응칠이

응오의 벼가 사라지다

응오와 아픈 아내

동굴에서 도박을 하는 응칠이

벼 도둑을 잡은 응칠이

> *만무방이 무엇인가요?
> 만무방은 예의 없고 자기 마음대로 행동하는 사람을 말합니다.
> 이 소설에서 주인공 응칠이는 만무방입니다.
> 응칠이는 하고 싶은 대로 행동하고 사람을 때리기도 합니다.

| 등장 인물 |

응칠

응칠이는 혼자 마음대로 떠돌아다니며 삽니다. 응칠이는 도둑이 응오의 벼를 훔쳐 간 것을 알게 됩니다. 응칠이는 응오의 벼를 훔친 도둑을 직접 잡습니다.

응오

응오는 응칠이의 동생입니다. 응오는 성실하고 착한 농부입니다. 응오는 가을이 되었지만 추수를 하지 않습니다. 응오는 열심히 농사지은 벼를 도둑맞습니다.

성팔

성팔이는 응칠이에게 응오의 벼가 사라졌다고 말합니다. 성팔이는 응칠이가 응오의 벼를 훔쳐 갔다고 의심하게 됩니다.

응칠 아내

땅주인

응칠이 친구

기호

재성

양반

머슴

술집 주인

혼자 떠돌아다니는 응칠이

응칠이는 가난하지만 열심히 사는 농부였다.
응칠이에게는 사랑하는 아내와 아들이 있었다.
아내와 아들을 위해 응칠이는 항상 열심히 일했다.
하지만 아무리 열심히 일해도 가난하기만 했다.

응칠이는 남에게 빌린 돈이 많았다. 돈을 벌면 모두 빌린 돈을 갚았다. 그리고 돈이 없어서 다시 남에게 돈을 빌려야 했다.

응칠이네 가족은 음식 살 돈도 없었다. 응칠이와 아내는 어떻게 돈을 모아야 할지 고민했다.

"왜 열심히 일해도 우리는 항상 가난할까요?
이대로 살면 안 되겠어요.
돈을 모아야 해요."

"어떻게 해야 돈이 모일까요?"

"먼저 빚을 다 갚아야 해요.
빚을 어떻게 갚을지 생각해 봐야겠어요."

"그건 저도 알아요.

그동안 우리가 빚을 갚으려고

얼마나 열심히 일했는데요.

하지만 또 돈이 없어서

남에게 돈을 빌려야 했죠."

응칠이와 아내는 빚을 어떻게 다 갚을지 생각했다. 하지만 좋은 방법이 생각나지 않았다.

어느 날 밤이었다. 응칠이는 자고 있는 아내를 깨웠다. 응칠이는 아내에게 말했다.

"여보. 아무리 열심히 일해도

빚은 못 갚을 것 같아요.

우리 그냥 도망갑시다."

"도망간다고 살기 좋아질까요?"

"농사를 열심히 지어도 빚을 갚으면 끝이에요.

우리에게 남는 게 하나도 없다고요.

그럼 또 돈을 빌려서 빚이 생길 거예요.

차라리 도망가는 게 좋겠어요.

그럼 빚을 안 갚아도 되잖아요.

우리 집에 팔 수 있는 물건이 있는지

찾아봐요."

아내는 집에 있는 물건들을 찾아보았다.
아내는 응칠이에게 말했다.

"항아리 세 개, 호미 두 개, 낫 한 개,
밥그릇, 젓가락, 짚 세 개가 있어요."

"그것밖에 없어요?"

"네. 이게 다예요.
우리가 가진 게 별로 없네요."

응칠이는 아내가 불러 주는 물건들을 벽에 적었다. 자기가 누구에게 얼마를 빌렸는지도 적었다. 응칠이는 벽에 편지도 썼다. 편지 내용은 다음과 같았다.

> 제가 가진 것은 이것뿐입니다.
> 저에게는 돈이 하나도 없습니다.
> 그래서 당신들에게 빌린 54원을 갚을 수 없습니다.
> 저는 이 마을에서 도망갑니다.
> 당신들끼리 알아서 내 물건을 나누어 가져가십시오.

응칠이와 아내는 아이를 데리고 마당으로
나왔다. 아내는 마당에서 대문을 잠갔다. 응칠이는
울타리 밑에 구멍을 팠다. 응칠이네 가족은
구멍으로 기어들어 가서 밖으로 빠져나갔다.

대문이 닫혀 있으니까 집안에 사람이 있는 것
같았다. 마을 사람들은 응칠이네 가족이
집에 있다고 생각할 것이다.
응칠이네 가족은 몰래 마을에서 도망쳤다.

응칠이네 가족은 이제 집도 없고 돈도 없었다.
응칠이와 아내는 며칠 동안 계속 걸었다. 응칠이와
아내는 잠도 제대로 못 자고 아무것도 먹지 못했다.

아이는 배가 고파서 울었다. 아내는 아이에게 젖을 먹이려고 했다. 하지만 아내는 아무것도 못 먹어서 젖이 나오지 않았다. 아내가 응칠이에게 말했다.

"며칠 동안 굶어서 젖이 안 나와요. 아이가 배고파서 우는데 어떡해요?"

"아무 집에나 가서 먹을 것을 얻어 옵시다. 아이가 불쌍해서 사람들이 음식을 줄 거예요."

응칠이와 아내는 남의 집에 가서 밥을 달라고 빌었다.

사람들은 아이가 불쌍해서 응칠이네 가족에게
먹을 것을 주었다.

"사람들이 먹을 것을 주니까 편하네요.
일을 하지 않아도 밥을 먹을 수 있잖아요.
앞으로도 사람들에게 밥을 얻어먹읍시다."

응칠이네 가족은 남의 집에서 밥을 얻어먹으며
살았다. 하지만 매일 남에게 밥을 얻어먹을 수는
없었다. 사람들이 밥을 주지 않을 때도 많았다.
밥을 얻지 못하면 굶어야 했다. 잘 곳을 못 찾으면
길에서 자야 했다. 응칠이네 가족은
떠돌아다니면서 고생을 했다.

겨울이 되었다. 춥고 눈이 내리는 날이었다.

응칠이는 너무 추워서 아무 집이라도
들어가고 싶었다. 응칠이는 주변을 살펴보았다.
낡은 집이 하나 보였다.

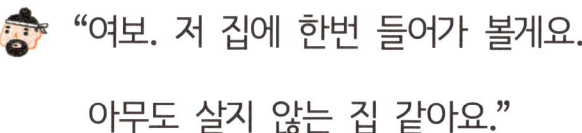 "여보. 저 집에 한번 들어가 볼게요.
아무도 살지 않는 집 같아요."

 "그래요.
너무 추워요.
이제 길에서는 못 자겠어요."

응칠이는 낡은 집으로 들어가 보았다. 집에는
아무도 살지 않았다. 응칠이가 아내를 불렀다.

 "여보. 이리 와요.
　이 집에는 아무도 살지 않는 것 같아요.
　오늘은 여기서 자고 내일 다시 떠납시다."

응칠이네 가족은 낡은 집에 들어갔다.
날씨가 너무 추워서 집 안에 있어도 몸이 떨렸다.
아내는 몸을 떨면서 아이에게 젖을 먹였다.
아내는 응칠이에게 말했다.

"이렇게는 못 살겠어요.

계속 떠돌아다니며 살 수는 없어요.

우리 아이가 굶어 죽을 수도 있다고요.

우리 헤어집시다.

각자 알아서 살아요."

응칠이는 아내의 말을 듣고 생각했다.

 '아내 말이 맞아.

아내와 아이까지 고생시킬 수는 없어.

각자 사는 게 더 나을 것 같아.

아내는 다른 남자와 결혼하면 돼.

나는 혼자 떠돌아다니며 살 수 있어.'

응칠이는 아내에게 말했다.

"당신 말대로 합시다.

헤어져서 각자 살기로 해요."

응칠이와 아내는 헤어지기로 했다.
응칠이와 아내는 잠이 오지 않았다.
응칠이와 아내가 함께 지내는 마지막 밤이었다.

다음 날 아침이 되었다. 응칠이와 아내는 집 밖으로 나왔다. 응칠이와 아내는 각자 다른 곳으로 떠났다. 아내는 아이를 데리고 갔다. 응칠이는 혼자가 되었다.

그날부터 응칠이는 혼자 여기저기 떠돌아다녔다.
응칠이는 가고 싶은 곳을 마음대로 돌아다녔다.

응칠이는 산과 들과 바다를 돌아다녔다.
응칠이는 아무 곳에서나 자고 아무거나 먹었다.
뭐든지 자기 마음대로 하며 살 수 있었다.
힘들게 아침부터 일할 필요도 없었다.
응칠이는 떠돌아다니며 사는 것이 좋았다.

'나 혼자 떠돌아다니니까 정말 편해.
일을 안 해도 되고, 빚도 없고,
가족들을 걱정하지 않아도 되잖아.
내 마음대로 사니까 정말 좋아.'

5년이 지났다. 응칠이는 5년 동안 떠돌아다니며 살았다.

응칠이는 이제 열심히 사는 농부가 아니었다. 나쁜 사람으로 변하고 있었다. 응칠이는 떠돌아다니면서 범죄를 저질렀다. 어느 날은 도둑질을 하고 어느 날은 도박을 했다.

도박이 무엇인가요?

도박은 돈을 걸고 화투, 카드 게임 등을 하는 것입니다.

도박에서 이기면 다른 사람들이 건 돈을 다 가집니다.

하지만 도박에서 지면 내가 건 돈을 다 잃습니다.

도박은 법으로 금지되어 있습니다.

도박을 하면 벌을 받습니다.

응칠이는 5년 동안 네 번이나 경찰서에 갔다.

세 번은 도둑질을 하다가 걸려서 경찰서에 갔다.

한 번은 도박을 하다가 걸려서 경찰서에 갔다.

경찰은 범죄가 일어나면

가장 먼저 응칠이를 잡아갔다.

응칠이가 범죄를 저지른 적이 많기 때문이다.

어느 날 응칠이는 동생이 어떻게 사는지 궁금해졌다. 이제 응칠이에게 남은 가족은 동생 한 명이었다. 응칠이의 동생은 응오였다. 응오는 농사를 짓는 농부였다. 응칠이는 떠돌아다니면서 가끔 응오를 만나러 갔다.

'응오를 만난 지 오래됐네.
 오랜만에 응오가 보고 싶구나.
 응오를 만나러 가야겠다.'

응칠이는 응오가 사는 마을로 찾아갔다.

벼를 베지 않은 응오

응칠이는 동생 응오가 사는 마을에 도착했다. 마을 사람들은 벼를 베느라 바빴다.

 '응오도 농사일을 하느라 바쁘겠지?'

응칠이는 빨리 응오를 만나고 싶었다. 응칠이는 응오의 집에 도착했다. 응칠이가 문을 두드리자 응오가 나왔다. 응오는 응칠이에게 반갑게 인사했다.

"형님 오랜만이에요."

 "그래. 오랜만에 네가 보고 싶어서 왔어.
어떻게 지냈어?"

 "농사짓고 아내를 돌보고 살았어요.
아내가 많이 아프거든요."

응오는 결혼하기 위해 아내의 집에서 3년 동안 일을 했다. 응오와 아내는 결혼하고 2년 동안 행복하게 살았다. 그런데 응오의 아내는 결혼한 지 2년이 되었을 때 아프기 시작했다.
응오의 아내는 아파서 움직이지도 못했다.

응오의 아내는 매일 집에 누워 있기만 했다.
응오는 농사를 지으면서 아픈 아내를 보살폈다.

 "바쁘고 힘들었겠구나.

　　벼 베는 일은 모두 끝났어?"

 "이번 가을에 추수를 안 하려고요."

 "추수를 왜 안 해?

　　아내가 아파서 못 하는 거야?"

추수가 무엇인가요?

다 익은 벼를 베는 일을 추수라고 합니다.

벼농사를 지으면 봄에 벼를 심고 가을에 추수를 합니다.

가을이 되면 벼가 다 익습니다.

벼의 열매는 우리가 먹는 쌀이 됩니다.

"아니에요.

추수를 일부러 안 했어요.

추수를 안 한 이유가 있어요."

응오는 응칠이에게 추수를 안 한 이유를
설명했다.

작년까지 응오는 열심히 농사를 지었다.
작년에는 벼가 잘 자랐다. 추수를 하면 쌀이 많이
생길 것 같았다. 응오는 추수를 해서 기뻤다.

그런데 응오는 농사지은 쌀을 전부
다른 사람들에게 주어야 했다.

응오는 다른 사람의 땅을 빌려서 농사를 지었다.
그래서 추수를 하면 땅주인에게 쌀을 내야 했다.
응오는 다른 사람에게 벼를 빌려서 농사를 지었다.
그래서 추수를 하면 빌린 벼를 갚아야 했다. 응오는
농사를 도와준 사람에게도 쌀을 주어야 했다.
응오는 농사지은 쌀을 사람들에게 모두 주었다.

응오에게는 쌀이 하나도 남지 않았다. 응오는
자기가 농사지은 쌀을 하나도 가지지 못했다.

 "올해는 벼가 잘 자라지도 않았어요.
　　　추수해도 제가 먹을 쌀은 하나도 없을 거예요.
　　　그래서 추수를 안 했어요."

"쌀을 안 갚으면 안 돼?

다른 사람들에게 쌀을 주기 전에

전부 팔아 버리면 되잖아.

그래야 아내 약을 사지."

"제가 추수를 하면 마을 사람들이 보잖아요.

땅주인과 빚쟁이도 제가 추수하는 걸

알게 되겠죠.

추수가 끝날 때까지 기다렸다가

쌀을 모두 가져갈 거예요."

응칠이는 응오의 말을 듣고 생각했다.

'응오는 열심히 농사지었는데

자기가 먹을 쌀은 없구나.

그래서 추수를 안 한 거였어.

응오가 너무 불쌍해.

응오를 도와줄 방법이 없을까?'

응칠이는 응오를 도와주고 싶었다.

응칠이는 응오의 마을에 며칠 더 있기로 했다.

응칠이는 응오의 벼를 지켜 주고 싶었다.

땅주인을 때린 응칠이

응오네 마을에는 응칠이의 오랜 친구가 한 명 있었다. 응칠이는 그 친구의 집에 찾아가서 문을 두드렸다. 친구가 집에서 나왔다. 친구는 응칠이에게 반갑게 인사했다.

 "응칠이구나!

오랜만이네.

무슨 일이야?"

"잘 지냈어? 응오를 만나러 마을에 왔지.
마을에 며칠 더 있다가 떠날 거야.
응오의 아내가 많이 아파.
그래서 응오네 집에서 지낼 수가 없네.
혹시 너희 집에서 며칠 지낼 수 있을까?
내가 너희 집 일을 도와줄게."

"그래. 집에 남는 방이 있으니까 거기서 지내.
요즘 추수하고 나서 일이 많으니까 도와줘."

응칠이는 친구의 집에서 며칠 동안 살기로 했다.

다음 날 응칠이는 응오를 만나러 갔다.

응오는 땅주인과 이야기를 하고 있었다. 땅주인은 매일 응오를 찾아와서 추수하라고 말했다. 응오가 땅주인에게 쌀을 내지 않고 추수도 하지 않았기 때문이다. 땅주인은 응오가 추수를 하지 않아서 답답했다. 땅주인은 응오에게 말했다.

"자네 정말 추수 안 할 거야?
빨리 추수해서 나한테 쌀을 갚아야지."

"아내가 아픈데 추수를 어떻게 해요?
저는 이번에 추수 못 해요.
그렇게 벼를 가져가고 싶으세요?
그럼 직접 벼를 베서 가져가세요."

응오는 땅주인에게 며칠째 같은 말만 했다.

땅주인은 응오의 말을 듣고 화가 났다.

응오가 추수를 안 하니까 가져갈 쌀도 없었다.

땅주인은 어쩔 수 없이 집으로 돌아갔다.

응칠이는 땅주인을 보면서 생각했다.

 '내가 직접 땅주인을 만나 봐야겠어.

땅주인에게 올해만 응오를 봐 달라고

부탁해야겠다.

땅주인도 응오를 불쌍하게 생각할 거야.'

응칠이는 땅주인의 집을 찾아갔다.

응칠이는 땅주인에게 인사를 했다.

 "안녕하세요."

 "누구세요?"

 "저는 응오의 형 응칠입니다.
올해 벼농사가 얼마나 힘들었는지 아시죠?
잘 자란 벼는 반밖에 안 되잖아요.
그러니까 올해는 쌀을 조금만 받으면
안 되나요?"

"안 됩니다.

응오는 제 땅을 빌려서 농사를 지었어요.

추수하면 저한테 쌀을 주기로 했어요.

약속을 지켜야죠."

 "응오는 지금 아내가 아파서 추수를 못 해요.

응오가 불쌍하지도 않으세요?

쌀을 조금만 받으시죠."

"응오에게 쌀을 조금 받으면 다른 농부들이 다 알게 될 거예요.

다른 농부들도 쌀을 조금만 내겠다고 하면 어떡해요?

응오가 힘든 건 나도 알고 있어요.

그런데 응오만 봐줄 수는 없어요.

다른 농부들은 다 쌀을 냈다고요."

땅주인은 응칠이의 말을 들어주지 않았다.
응칠이는 무서운 목소리로 땅주인에게 말했다.

 "자꾸 응오를 괴롭히면 논에 불을 지를 겁니다."

"남의 땅에 불을 지르는 건 범죄예요.

당신이 불을 지르면 경찰에 신고할 겁니다."

응칠이는 땅주인의 말을 듣고 화가 났다.

 '땅주인은 나쁜 사람이야.

왜 응오만 봐주면 안 돼?

자기는 부자이면서 불쌍한 응오를

봐주지 않다니.'

응칠이는 화가 나서 참을 수 없었다.

응칠이는 주먹으로 땅주인의 얼굴을 때렸다.

땅주인은 얼굴을 맞고 바닥에 쓰러졌다.

응칠이는 화를 내면서 땅주인의 집에서 나왔다.

며칠 뒤 응오가 응칠이에게 찾아왔다.

응오는 응칠이에게 말했다.

 "형님 저 15원이 필요해요.

형님은 언제든지 돈 벌어 올 수 있죠?"

 "15원이나 필요하다고?

그렇게 많은 돈을 어디에 쓰려고?"

1원짜리 돈도 있나요?

이 소설은 1935년에 발표되었습니다.

1935년에는 1원짜리와 5원짜리 돈이 있었습니다.

1935년에는 물건 가격이 지금과 달랐습니다.

1935년에 쌀 80킬로그램은 20원 정도였습니다.

지금 쌀 80킬로그램은 17만 원 정도입니다.

"며칠 전에 어떤 노인이 마을에 나타났어요.
그 노인이 제 아내의 병을 고칠 수 있대요.
노인에게 15원을 주면 산신령에게
기도를 해준대요."

 "그 노인 사기꾼인 것 같아.
산신령에게 기도해도
네 아내의 병은 고칠 수 없어.
농부로 사는 게 제일 먹고살기 힘들어.
아내를 두고 나랑 떠돌아다니자.
나랑 떠돌아다니면 먹고살 걱정은 안 해도 돼."

응오는 응칠이의 말에 대답하지 않았다.

응오는 화가 난 표정이었다. 응오는 뒤돌아서 집으로 가 버렸다. 응칠이는 응오가 왜 화났는지 이해할 수 없었다.

'내가 떠돌아다니자고 말해서 화났나?
아내의 병이 낫지 않는다고 말해서 화난 건가?
응오에게 괜히 안 좋은 말을 했네.
그냥 15원 구해 준다고 할 걸⋯.'

응칠이는 응오에게 미안했다.

응오의 벼가 사라지다

응칠이가 응오의 마을에 온지 한 달이 지났다.

어느 날 아침이었다. 응칠이의 친구가 응칠이에게 말했다.

 "오늘 일을 도와줄 수 있어?
일하면 돈 줄게."

"글쎄. 오늘은 별로 일하고 싶지 않아. 다른 사람을 구해 봐."

응칠이는 일하고 싶을 때만 일했다. 일하기 싫을 때는 일하지 않았다. 응칠이는 자기 마음대로 살았다. 응칠이는 일하는 대신 산에 가고 싶었다.

 "오늘은 송이버섯을 따러 가 볼까?"

응칠이는 혼자 산에 가서 송이버섯을 따기로 했다.

응칠이는 친구의 집에서 나와 산으로 갔다.

응칠이는 산을 올라가다가 응오의 논을 지나가게 되었다. 응오의 논은 산속에 있어서 찾기가 쉽지 않았다. 응오의 논에는 벼가 그대로 남아 있었다.

"지금 추수를 안 하면 벼가 다 죽을 거야.
응오가 열심히 농사지은 건데….
아깝지만 어쩔 수 없지."

응칠이는 걸음을 멈추었다. 그리고 응오의 논을 살펴보았다. 응오의 논은 뭔가 달라진 것 같았다.

"이상하네.

응오의 논이 뭔가 달라졌어.

벼가 더 많았던 것 같은데….”

응칠이는 응오의 논을 자세하게 살펴보았다.
논 한쪽에 있던 벼가 사라졌다.
누군가 응오의 논에서 벼를 훔쳐 간 것이었다.

"벼가 사라졌잖아!

누가 벼를 훔쳐 갔어!

마을 사람들이 내가 벼를 훔쳐 갔다고

의심하면 어떡하지?”

응칠이는 동생의 벼를 훔쳤다고 의심을 받을까 봐 걱정되었다. 응칠이는 도둑질을 해서 세 번이나 경찰서에 갔었기 때문이다.

"응오의 벼가 사라진 것이 알려지면 안 돼. 마을 사람들은 내가 도둑이라고 의심할 거야. 내가 의심받기 전에 도둑을 잡아야 해."

응칠이는 도둑으로 의심받기 싫었다. 그래서 자기가 도둑을 직접 잡기로 했다.

응칠이는 논 주변과 산속을 둘러보았다. 아무도 보이지 않았다.

"아무도 없어서 다행이네.

도대체 누가 벼를 훔쳐 간 거야?

가난한 사람이 벼를 훔쳤을 거야.

재성이나 성팔이가 도둑인 것 같아."

응칠이는 산속을 걸으며 생각했다.

'재성이나 성팔이 중에 누가 진짜 도둑일까?

도저히 모르겠네.

이따가 다시 생각해 봐야지.

송이버섯이나 찾아야겠다.'

응칠이는 산에서 송이버섯을 찾기 시작했다.

송이버섯은 소나무 주위에서 자란다. 응칠이는
소나무가 있는 곳을 자세히 살펴보았다.

응칠이는 땅에서 흙이 높게 올라온 곳을
발견했다. 응칠이는 쭈그리고 앉아서 손가락으로
흙을 팠다. 흙 속에 작은 송이버섯이 있었다.
응칠이는 송이버섯을 땄다.

응칠이는 커다란 송이버섯을 몇 개 더 찾았다.
주먹만큼 큰 송이버섯도 찾았다.

응칠이는 송이버섯을 찾다 보니까 힘들었다.
응칠이는 돌 위에 앉아서 쉬었다.

응칠이는 마을 쪽을 바라보았다. 사람들이
추수를 하느라고 마을이 시끄러웠다.

 "어젯밤부터 굶었더니 배고프네."

응칠이는 자기가 딴 송이버섯을 하나 꺼냈다.
응칠이는 송이버섯을 물에 씻어서 먹었다.
송이버섯은 향기롭고 맛있었다.
응칠이는 송이버섯을 하나 더 먹었다.

 "송이버섯 말고 더 배부른 음식을
　　먹고 싶은데…."

응칠이는 주변을 둘러보았다. 산에 닭 한 마리가 돌아다니고 있었다. 응칠이는 일어나서 닭에게 가까이 다가갔다. 닭은 응칠이를 보고 도망갔다. 응칠이는 몇 분 동안 닭을 쫓아다녔다.

 "드디어 잡았다!"

응칠이는 몇 분 만에 닭을 잡았다.
응칠이는 닭을 요리하지 않고 그냥 먹었다.

"그냥 먹으니까 맛이 없네.

술이랑 같이 먹으면 좋겠다.

술이 없으니까 닭도 맛이 없어.

그만 먹어야지."

응칠이는 닭을 반만 먹고 나머지는 숲에 버렸다.

그때 누가 응칠이를 불렀다.

 "여보게. 자네 응칠이 아닌가?"

응칠이를 부른 사람은 성팔이였다.
성팔이는 응칠이에게 달려와서 말했다.

"응오의 논에서 벼가 없어졌어.
　　　　자네는 알고 있었어?"

응칠이는 성팔이의 말을 듣고 깜짝 놀랐다.
응칠이는 생각했다.

 '응오의 벼가 사라진 것을
　　　성팔이가 어떻게 알았지?
　　　나를 범인이라고 의심하는 건가?'

응칠이는 성팔이에게 말했다.

 "응오의 논에는 왜 갔었나?"

응칠이는 무서운 표정을 짓고 성팔이를 째려보았다. 하지만 성팔이는 겁먹지 않았다.

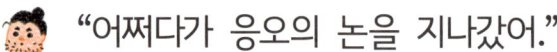 "어쩌다가 응오의 논을 지나갔어."

 "어쩌다가 지나갔다고?"

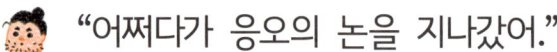 "지나가다 보니까 응오의 논에서 벼가 사라졌더라고. 자세히 안 보면 사라졌는지도 모르겠더라."

 "왜 응오의 논을 지나간 거야?"

"놀러 갔다 오면서 지나갔지."

 "놀러 갔다 왔다고?

응오네 논이 노는 곳이야?

자네가 벼를 훔쳐 간 거 아니야?"

"나를 도둑으로 의심하는 거야?

응오네 논을 그냥 지나간 거야.

나는 응오네 논을 지나가지도 못 해?"

성팔이는 답답해서 한숨을 쉬었다.

응칠이는 성팔이에게 말했다.

"나는 응오의 벼를 훔치지 않았어.
사람들은 우리를 도둑으로 의심할 거야.
응오 논에서 벼가 사라진 것은
우리 둘만 알자.
아무한테도 말하지 마."

성팔이는 응칠이의 말을 듣고 놀랐다.

"왜 아무한테도 말하면 안 돼?
벼가 없어진 게 큰일도 아니잖아.
그리고 우리가 벼를 훔친 것도 아니고."

🧔 "사람들은 내가 벼를 훔쳤다고
　의심할 것 같아.
　나는 사람들에게 도둑으로 의심받기 싫어.
　그러니까 말하지 말게. 알았지?"

 "알았어. 사람들에게 말하지 않을게.
　걱정하지 마.
　난 이만 갈게."

　성팔이는 응칠이에게 인사하고 가던 길을 갔다. 성팔이는 응칠이를 도둑으로 의심했다. 성팔이는 걸어가면서 응칠이를 두 번 돌아보았다. 응칠이는 성팔이가 자기를 의심해서 기분이 나빴다.

"성팔이가 벼를 훔쳐 간 것 같아.

자기가 도둑질했는데 나를 도둑인 것처럼 꾸미려고 하네.

성팔이는 나쁜 놈이군."

응칠이는 다시 응오를 생각했다.

'불쌍한 내 동생.

힘들게 농사지은 벼를 도둑맞다니.

오늘 밤에 내가 응오네 논을 지켜야겠다.

도둑놈을 잡으면 다리를 부러뜨려야지!'

응칠이는 산에서 마을로 내려왔다.

응오와 아픈 아내

응칠이는 술집으로 갔다. 응칠이는 배가 고파서 밥을 먹고 술도 마셨다.

응칠이는 술집 주인에게 돈 대신 송이버섯을 주었다. 응칠이가 산에서 딴 송이버섯이었다. 송이버섯은 비싸서 돈 대신 낼 수 있었다.

'성팔이가 벼를 훔쳐 갔다는 증거를 찾아야 해. 성팔이는 이 술집에 자주 오잖아. 술집 주인에게 성팔이가 요즘 뭘 하는지 물어봐야겠다.'

응칠이는 술집 주인에게 물어보았다.

 "성팔이는 요즘 뭐 해요?"

 "모르겠어. 성팔이를 못 본지 오래됐네. 성팔이가 마을을 떠난다는 소문이 있던데…."

 "마을을 왜 떠나요?"

"형님의 농사를 도와주러 간대.
    형님 일을 도와주고 돈을 버는 게
    더 좋겠지."

성팔이는 농사 기구를 만들고 고치는 일을 했다.
그런데 성팔이에게 찾아가는 손님은 별로 없었다.
성팔이는 손님이 없어서 돈을 못 벌었다.
성팔이는 언제나 가난하게 살았다.
그래서 성팔이는 마을을 떠나기로 했다.

응칠이는 성팔이를 더 의심하게 되었다.

'역시 성팔이가 도둑이 맞나 봐.

벼를 훔친 것을 걸릴까 봐 도망가는 것 같아.'

응칠이는 술집 주인에게 말했다.

"알려 주셔서 감사합니다.

내일 또 술 마시러 올게요."

응칠이는 술집 주인에게 인사하고 술집에서 나왔다.

응칠이는 친구의 집으로 가다가 응오의 집을 지나가게 되었다. 응칠이는 며칠째 응오를 만나지 않았다. 응칠이는 응오의 집을 보고 생각했다.

 '응오는 살았나? 죽었나?'

    응칠이는 응오가 어떻게 지내는지 궁금했다.
응칠이는 응오네 집으로 들어갔다.

    응오는 마당에서 아내의 약을 끓이고 있었다.
방에는 응오의 아내가 누워 있었다.
응오는 며칠 전 마당에서 뱀을 잡았다.
응오는 뱀을 끓여서 아내의 약을 만들었다.

    응오의 아내는 기침을 크게 했다.

응칠이는 응오에게 말했다.

 "약이 다 만들어진 것 같아.
　　약을 너무 많이 끓이면 아무 효과가 없어.
　　그만 끓여도 돼."

응오는 약을 끓이던 불을 껐다.
응오는 응칠이에게 아무 말도 하지 않았다.
응칠이를 쳐다보지도 않았다.

응칠이는 응오가 아무 말도 안 해서 답답했다.
응칠이는 응오를 도와주고 싶었다.
응칠이는 응오에게 송이버섯을 주었다.

"산에서 송이버섯을 따 왔어.

　　먹어 봐라."

응오는 응칠이에게 송이버섯을 받았다.
그러나 응오는 응칠이에게 고마워하지 않았다.
응오는 송이버섯을 아내에게 던졌다.

 "이거나 먹어."

응오의 아내는 응오에게 작은 소리로 말했다.
목소리가 너무 작아서 뭐라고 말하는지
들리지 않았다.

응오는 아내에게 말했다.

 "뭐라고? 똑바로 말해."

 "화장실 가고 싶다고 말한 것 같은데?"

 "그럼 화장실에 가고 싶다고 말을 해야지."

응오는 짜증을 내면서 방으로 들어갔다.
응오는 아내를 업고 화장실에 데리고 갔다.
응칠이는 응오를 보고 생각했다.

 '요즘 응오가 짜증을 많이 내네.'

응오의 아내는 응오의 도움을 받아서 화장실에
다녀왔다. 응오는 다시 아내를 업고 방으로
돌아왔다. 응오는 아내를 방에 눕혔다.

응오는 약을 그릇에 부었다. 응오는 그릇을 들고
방에 들어갔다. 응오는 아내에게 약을 먹였다.
아내는 응오가 주는 약을 꿀꺽꿀꺽 마셨다.
응칠이는 응오와 응오의 아내를 보며 생각했다.

'응오는 짜증을 내면서도 아내를 정성스럽게
보살피는구나.
응오는 아내가 그렇게 중요한가?'

응오는 아내에게 약을 다 먹이고 방에서 나왔다. 응칠이는 응오에게 물어보았다.

 "너 성팔이 알지?
성팔이하고 친해?"

응오는 대답하지 않았다. 응오는 아직도 응칠이에게 화가 나 있었다.

 '응오에게 벼가 사라졌다고 말할까?
아니야. 말하지 말자.
아내가 아파서 슬픈데 더 슬퍼할 것 같아.
내가 빨리 도둑을 잡고 나서 알려 주어야겠어.'

응칠이는 5년 전 아내와 헤어졌던 일이 생각났다.

'나도 응오처럼 빚이 많고 먹고살기 힘들었지.
열심히 농사를 지어도 빚이 더 많아졌어.
그래서 아내와 아이와 헤어졌는데….
아내와 아이 생각이 나는군.'

응칠이는 옛날 생각을 하니까 슬펐다.
응칠이는 응오의 집에서 나왔다.

응칠이는 길을 걸어가다가 모르는 사람의 밭에 들어갔다. 응칠이는 밭에서 무 하나를 몰래 뽑았다. 응칠이는 무를 들고 시냇물에 갔다.

응칠이는 무를 시냇물에 씻어서 깨물어 먹었다. 응칠이는 무를 맛있게 먹고 나서 풀 위에 누웠다.

 "강릉에 있을 때가 그립네.
빨리 여기서 떠나고 싶다."

강릉은 응칠이가 좋아하는 곳이었다. 응칠이는 강릉이 그리웠다. 응칠이는 빨리 마을을 떠나서 떠돌아다니고 싶었다.

"오늘 도둑을 잡고 내일 마을을 떠나야겠어.
도둑놈은 벼를 훔치러 밤에
다시 나타날 거야.
밤이 될 때까지 기다렸다가
도둑을 잡아야겠다."

응칠이는 오늘 밤 도둑을 꼭 잡겠다고 결심했다.
응칠이는 어디로 떠날지 고민하다가 낮잠을 잤다.

동굴에서 도박을 하는 응칠이

저녁이 되자 응칠이는 친구의 집에 가서 저녁을 먹었다. 응칠이는 친구와 이야기를 하면서 밤이 되기를 기다렸다. 밤이 되면 응칠이는 응오의 논으로 가서 도둑을 잡아야 했다.

몇 시간이 지났다. 밤이 되어서 하늘이 컴컴해졌다.

‘이제 응오 논으로 가야겠다.

　밤이 되었으니까 벼를 훔쳐간 놈이

　나타날 거야.’

응칠이는 벌떡 일어나서 친구에게 말했다.

"나 잠깐 나갔다 올게."

"시간이 늦었는데 어딜 가려고?

　집에서 할 일이 많으니까 도와줘."

"사실 내가 밖에서 할 일이 있어.

　금방 돌아올게."

"알았어. 그럼 잘 다녀오게!"

응칠이는 친구의 일을 도와주지 못해서 미안했다. 그러나 벼를 훔쳐 간 도둑을 잡는 일이 더 중요했다. 응칠이는 친구의 집에서 나왔다.

응오의 논은 산 속에 있다.
응칠이는 산에 올라갔다.

산 중간까지 올라가니까 빛이 보였다.
동굴에서 나오는 빛이었다. 응칠이는 왜 동굴에서 빛이 나는지 알고 있었다.

"도박하는 사람들이 저기에 모여 있군."

응칠이는 동굴로 갔다. 동굴 안에는 사람 다섯 명이 모여 있었다. 응칠이가 생각한 대로 사람들은 도박을 하고 있었다.

동굴에 있던 사람들은 응칠이를 보고 놀랐다. 사람들은 응칠이와 도박하는 것을 싫어했다. 응칠이가 돈을 다 따갈 것 같기 때문이었다. 응칠이는 도박을 잘했다.

사람들은 응칠이에게 반가운 척했다.

"응칠이구나.

　어서 들어오게."

"자네가 올 것 같아서 기다렸지."

 "자네도 여기 와서 같이 하게."

응칠이는 동굴에 누가 모였는지 살펴보았다.
도박하는 사람들 중에 재성이와 기호도 있었다.

'재성이는 먹을 것이 없어서 며칠 전에 돈을 빌렸어.
도박하려고 돈을 빌렸던 거구나.
기호는 돈을 모아서 장사하러 가겠다고 말했었어.
장사할 돈으로 도박을 하는군.'

 재성이와 기호는 힘들게 모은 돈으로 도박을 했다. 응칠이는 재성이와 기호가 바보 같다고 생각했다.

 응칠이는 기호를 불렀다. 기호는 응칠이를 따라서 동굴 밖으로 나왔다.

응칠이는 기호에게 말했다.

"자네 돈 좀 있나?"

"내가 돈이 어디 있어?
 나 돈 없어."

"돈 모아서 장사하러 간다고 말했었잖아.
 모은 돈은 다 어디에 썼어?"

"빚 갚았지!
 빚 갚고 이것저것 하니까 4원 남았어."

응칠이는 기호가 거짓말을 한다고 생각했다.

기호는 도박하다가 돈을 잃었을 것이다.

응칠이는 기호에게 말했다.

"나한테 2원만 빌려줘."

"내가 왜 2원을 줘야 돼?

나한테 2원 뺏어 가는 거야?"

"뺏어 가는 거 아니야.

나도 도박하고 싶어서 빌리는 거지.

내가 돈을 따면 둘이 나누자."

기호는 응칠이의 말을 듣고 생각했다.

🧑 '응칠이는 도박을 잘하니까
　　돈을 잃지 않을 거야.
　　응칠이가 돈을 잃으면 2원을 돌려 달라고
　　하면 되지.'

기호는 응칠이가 돈을 딸 거라고 믿었다.
기호는 2원을 꺼내서 응칠이에게 주었다.
응칠이와 기호는 다시 동굴로 들어갔다.

동굴에 모인 사람은 모두 여섯 명이었다.
사람들은 세 명씩 모여서 도박을 했다.

응칠이는 기호에게 빌린 돈으로 도박을 했다. 응칠이는 도박으로 9원 80전을 땄다. 2원으로 도박해서 7원 80전이나 더 딴 것이었다.

도박하는 사람들 중에는 머슴과 양반도 있었다. 양반은 머슴이 건 돈을 다 따갔다. 머슴은 도박에 져서 돈을 다 잃었다. 머슴은 일 년 동안 일해서 모은 돈을 도박으로 다 잃었다.
머슴은 양반에게 소리를 질렀다.

 "이 자식. 너 사기꾼이지! 돈 내놔."

머슴은 화가 나서 양반의 뺨을 때렸다.

전이 무엇인가요?

우리나라에서는 돈을 말할 때 100원, 1000원처럼 원을 붙여서 말합니다.

옛날에는 1원보다 가격이 낮은 돈도 썼습니다.

1원보다 가격이 낮은 돈은 숫자 뒤에 전을 붙여서 말했습니다.

1원은 100전입니다.

지금은 전이라는 말을 사용하지 않습니다.

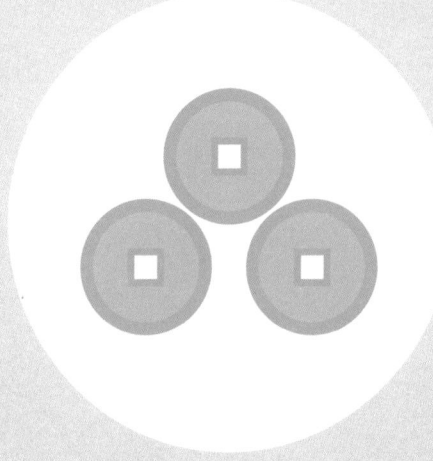

"이놈이 어른한테 왜 이래? 버릇없는 놈이네!"

머슴은 양반을 때려도 화가 풀리지 않았다. 머슴은 돌멩이를 주워서 양반에게 던졌다. 양반은 이마에 돌멩이를 맞아 상처가 생겼다. 양반은 이마에서 피를 흘리며 쓰러졌다. 양반은 도박으로 돈을 땄지만 크게 다쳤다.

응칠이는 양반과 머슴의 싸움을 신경 쓰지 않았다. 응칠이는 도박으로 돈을 따서 기분이 좋았다. 응칠이는 웃으면서 동굴에서 나왔다. 기호는 응칠이를 따라서 동굴 밖으로 나왔다.

응칠이는 기호에게 5원을 주었다. 응칠이는
4원 80전을 가졌다. 기호는 응칠이에게
빌려준 돈보다 더 많이 돌려받아서 기뻤다.
응칠이는 기호에게 말했다.

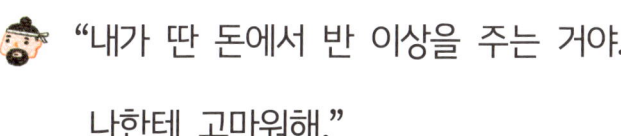 "내가 딴 돈에서 반 이상을 주는 거야.
나한테 고마워해."

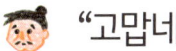 "고맙네.
자네 덕분에 3원을 더 벌었군."

응칠이는 이제 동굴을 떠나려고 했다.
그때 재성이가 동굴에서 나왔다.

재성이는 응칠이에게 와서 응칠이의 팔을 잡았다. 재성이는 응칠이에게 말했다.

 "응칠아. 부탁이 있네.
　돈을 더 많이 벌고 싶어서 도박을 했어.
　그런데 쌀을 팔아서 번 돈을 다 잃었어.
　이제 음식 살 돈도 없어.
　도박하게 돈 좀 줘."

응칠이는 재성이의 말을 듣고 생각했다.

'쌀을 팔아서 번 돈으로 도박을 하면 어떡해?
재성이가 응오의 벼를 훔쳐 간 도둑인가 봐.
도박으로 돈을 다 잃어서 벼를 훔쳤을 거야.'

응칠이는 재성이가 바보 같다고 생각했다.
응칠이는 재성이에게 소리를 질렀다.

"그러니까 왜 도박을 했어?
도박을 하니까 돈을 다 잃지!"

재성이는 응칠이의 말을 듣고 눈물을 흘렸다.
응칠이는 재성이가 불쌍했다.
응칠이는 2원을 꺼내서 재성이에게 주었다.

벼 도둑을 잡은 응칠이

응칠이는 산을 더 올라가서 응오의 논으로 갔다.
응칠이는 몽둥이를 들고 나무 뒤에 숨었다.

 "여기 숨어 있어야겠다.

　도둑이 나타나면 바로 달려가서 잡아야지."

응칠이는 가만히 앉아서 도둑을 기다렸다.

밤이 되니까 산속이 추워졌다. 응칠이는 추워서
몸을 덜덜 떨었다.

밤이라서 산속이 컴컴하고 무서웠다. 어두워서
나무가 도깨비처럼 보였다. 산속에 뱀과 늑대도
나타났다. 응칠이는 뱀과 늑대를 피해서
다른 나무 뒤로 갔다.

두 시간이 지났다. 도둑은 아직 나타나지 않았다.
응칠이는 도둑을 기다리다가 지쳤다.

'도둑이 나타날 때가 되었는데.
왜 안 나타나는 거지?'

응칠이는 졸려서 눈이 감겼다. 그때 응오의
논에서 뭔가 움직였다. 응칠이는 잠이 확 깼다.

 '드디어 도둑이 나타났군.
저 놈이 벼를 훔쳐 간 놈이구나!'

응칠이는 도둑을 보니까 화가 났다.
응칠이는 빨리 도둑을 잡고 싶었다.
응칠이는 몽둥이를 꽉 잡고 벌떡 일어났다.

 '분명히 성팔이나 재성이일 거야.
빨리 가서 잡아야지!'

응칠이는 살금살금 걸어서 도둑에게 다가갔다.

도둑은 수건으로 얼굴을 가리고 있었다.

응칠이는 도둑에게 소리쳤다.

 "이 도둑놈아!

남의 벼를 훔쳐 가면 어떡해!

네놈이 지난번에도 벼를 훔쳐 갔지?"

도둑은 응칠이의 목소리를 듣고 깜짝 놀랐다.

도둑은 넘어져서 논으로 굴러떨어졌다. 응칠이는

도둑에게 달려갔다. 응칠이는 몽둥이로 도둑의

허리를 세게 때렸다. 도둑은 아파서 소리를 질렀다.

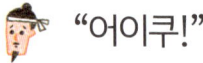 "어이쿠!"

응칠이는 도둑의 얼굴을 가린 수건을 잡아당겼다. 수건이 벗겨져서 도둑이 누구인지 알 수 있었다. 응칠이는 도둑의 얼굴을 보고 놀랐다. 도둑은 성팔이도 아니고 재성이도 아니었다. 도둑은 응칠이가 생각하지 못한 사람이었다. 도둑은 응칠이의 동생 응오였다.

응오는 울면서 일어났다.

 "형님까지 저를 괴롭힐 거예요?"

응칠이는 도둑이라고 생각한 사람이 응오라서
충격을 받았다. 응칠이는 응오에게 말했다.

 "네가 농사지은 벼잖아.
왜 도둑놈처럼 훔쳐 가?
낮에 벼를 가져가면 되잖아."

 "낮에 벼를 베면 땅주인이랑 빚쟁이가
다 뺏어 간다니까요.
그래서 도둑이 벼를 훔쳐 간 것처럼
꾸몄어요."

 "그럼 가져간 벼는 어떻게 했어?"

"저랑 아내가 먹었어요.

　제가 농사지은 쌀을 제가 먹는데

　왜 그래요?"

응오는 응칠이를 째려보고 뒤돌아섰다.
응오는 비틀비틀 걸어서 논 반대쪽으로 갔다.

응칠이는 응오가 벼를 몰래 가져갔다는 것을
믿을 수 없었다. 응칠이는 꿈을 꾸는 것 같았다.
응칠이는 충격을 받아서 멍하니 서 있었다.

 "도둑이 아니라 응오가 벼를 몰래

　가져간 거였구나."

응칠이는 응오가 떨어뜨린 보자기를 들었다.
보자기에는 응오가 자기 논에서 잘라 낸 벼가
들어 있었다. 응칠이는 보자기를 뒤집어서
벼를 논에 쏟았다.

"응오는 벼를 다 뺏길까 봐
몰래 벼를 가져간 거였어.
그런데 형까지 속이다니….
나쁜 놈."

응칠이는 응오가 불쌍해서 눈물이 났다.
응칠이는 눈물을 닦다가 좋은 생각이 떠올랐다.

'옆 마을의 어떤 집에서 황소를 대문 밖에 묶어 두잖아.

그 황소를 훔쳐서 팔면 되겠다.

황소를 팔면 70원 넘게 벌 수 있어.'

응칠이는 응오를 따라갔다. 응칠이는 응오에게 밝은 목소리로 말했다.

"좋은 생각이 떠올랐어.

네가 원하는 대로 돈을 구해 줄게.

나랑 옆 마을에 가서 황소를 훔치자.

황소를 팔면 70원 넘게 벌 수 있거든.

그 돈으로 네 아내 약도 사고 먹을 것도 사자."

응칠이는 응오가 기뻐할 거라고 생각했다.

그러나 응오는 기뻐하지 않았다.

응오는 아무 대답도 하지 않았다.

응칠이는 응오와 이야기하고 싶었다.

응칠이는 응오의 어깨 위에 손을 올렸다.

그러나 응오는 응칠이의 손을 쳐서 떼어냈다.

응오는 응칠이에게 잡히지 않으려고 도망갔다.

응칠이는 응오가 자기 말을 안 들어서 화가 났다.

응칠이는 응오에게 소리쳤다.

"이놈아! 나는 네 형이잖아.

내가 너 도와주려고 하는데

왜 말을 안 들어?"

응칠이는 달려가서 응오를 잡았다.

응칠이는 몽둥이로 응오의 엉덩이를 때렸다.

응오는 엉덩이가 아파서 허리를 굽히고 쓰러졌다.

응칠이는 몽둥이로 응오를 마구 때렸다.

응오는 바닥에 엎드려서 울었다.

 "형님! 아파요!

그만 때리세요! 흑흑…"

응칠이는 응오가 우니까 마음이 아팠다.

응칠이는 몽둥이를 내려놓았다.

 "운이 나쁜 놈은 어쩔 수 없지."

응칠이는 응오를 일으켜 주었다.

응오는 일어났지만 제대로 걷지 못하고 쓰러졌다.

응오는 다시 일어나도 걷지 못했다.

 "너무 아파서 못 걷겠어요."

 "내가 업어 줄게.

　　　나한테 업혀."

응칠이는 응오를 등에 업었다. 응칠이는 응오가
아이 같다고 생각했다.

'응오가 몸은 다 컸는데 아직도 아이 같네.
응오는 도대체 언제 다 클까?'

응칠이는 응오가 너무 착하고 바보 같아서
걱정되었다. 응칠이는 한숨을 쉬었다.
응칠이는 응오를 업고 천천히 산에서 내려왔다.

PEACH
MARKET: